시간의 여울

시간의 여울

이우환 지음
남지현 옮김

현대문학

이우환의 글을 읽는 감동의 비유법

이우환의 글 속에서는 물방울 떨어지는 소리가 들린다. 낱말 하나하나가 어느 깊숙한 종유굴 그 석순에서 떨어지는 물방울같이 맑고 원초적인 음향을 낸다. 그래서 이으환의 글을 읽는 독서 행위는 그 소리들이 이어져 여울이 되고 파도가 되는 무한한 상상력을 일으킨다.

이우환의 글 속에는 부싯돌의 섬광이 있다. 오랫동안 아주 오랫동안 딱딱한 물질 속에 갇혀 있던 빛들이 한순간의 부딪침 속에서 그 빛을 얻는다. 그 빛의 틈바구니에서 우리는 지금까지 어둠으로 보이지 않던 사물의 윤곽과 누워 있던 생명들이 꼿꼿이 일어서는 수직의 세계를 본다. 그래서 이우환의 글을 읽는 독서 체험은 고정 관념을 쳐서 발상의 광망이란 불씨를 얻는 지성의 발화점이 된다.

이우환의 글 속에는 수목들이 있다. 우라노트로피즘, 한 치라도 위로 향해 뻗어 오르려는 상승의 기쁨, 흙에서 빛에서 그리고 바람에서 직접 생명의 단백질을 만들어낼 줄 아는 천재들만이 아는 기쁨이다. 남들의 생채기에서 생명의 피를 빨아먹고 사는 하이에나들은 영원히 획득할 수 없는 나무의 근육—이우환의 글을 읽는 독서 행위는 무에서 유를 만들어내고 땅에서 하늘로 차원을 높이는 독창성의 학습이다.

이우환의 글 속에서는 흙냄새가 난다. 소낙비가 내리고 난 뒤 아련하게 풍기는 흙의 냄새. 일본말로 쓴 글에서도 우리는 한국의 벌판 냄새를 맡는다. 창끝처럼 예리하게 빛나는 그 전위적인 글 속에서도 우리는 이따금 풍겨 나는 손마디 굵은 농부의 살결 냄새를 맡는다. 흙은 온갖 모순을 중화한다. 태어나는 것과 소멸하는 것들을 동시에 받아들인다. 이우환의 글을 읽는 독서 행위는 감성과 지성, 전위와 전통, 개체와 전체를 포용하는 수용성을 획득하는 연습이다.

사람들은 왜 도자기를 만드는가. 그것은 부드러운 흙으로 단단한 돌을 만들기 위해서이다. 흙이 꿈꾸는 광석으로의 변신은 1,000도의 높은 온도를 요구한다. 이 고열 속에서만 흙은 창조의 돌, 문화의 광석이 된다. 이우환의 글 속에는 잘 빚어진 조선백자 항아리 같은, 용이 꿈틀대는 용총 같은 물질이 있다. 우주선이 지구로 돌아올 때 대기와의 마찰에서 일어나는 그 고열을 견딘다는 뉴세라믹 같은 신소재다. 이우환의 글을 읽는다는 것은 곧 신소재를 만드는 법을 익히는 것과도 같은 것이다.

지금 우리의 손에 이우환의 책이 있다. 태고의 동굴에서 들려오는 물방울 같은 상상력이 있다. 부싯돌이 일으키는 지적 섬광이 있다. 나무들의 우라노트로피즘과 모순을 통합하는 흙의 수용성이 있다. 그리고 광석으로 향한 돌의 꿈, 순순한 물질에의 꿈, 이우환의 글은 현대의, 앞으로 올 세기의 우리들의 오행사상이다.

우리가 이우환의 글을 읽는다는 것은 나무를 만나는 그 기쁨과도 같은 것이다.

이어령 **문학평론가**

8

차례

II. 여행과 사건

III. 예술의 주변

IV. 인연과 세월

Ⅰ. 시간의 틈새

개구리

아침, 집 앞의 길바닥에 개구리가 차에 치여 죽어 있었다.

내장이 터져 파리가 들끓고 있었다. 그 이튿날 아침에 보니, 이미 개구리는 전병이 되어 납작하게 땅바닥에 달라붙어 있었다. 그로부터 며칠이 지나 마음에 걸려 그곳에 나가 보니 이미 아무것도 없고, 그 위치조차 확실치 않았다.

어느 비 오는 밤, 끊임없이 울어대는 개구리 소리에 잠이 깨어, 희뿌연 불빛에 떠오른 흰 캔버스를 멍하니 바라보며 밤을 새웠다. 그런 일이 있은 다음, 어언 그 개구리에 대한 것은 벌써 잊어버렸을 터임에도, 이따금 까닭도 없이 한밤중에 일어나 멍청하게 흰 캔버스를 바라보는 버릇이 들었다.

초봄 1

초봄의 잡목림에 금빛 햇살이 만나(구약성경에 나오는 하늘에서 내리는 음식)처럼 쏟아져 내린다. 아직 바람은 찬데도 주변에 이상한 열기를 띤 기운이 감돌아 내 발걸음을 힘겹게 한다.

바로 요 며칠 전까지는 느끼지 못했던 것이다. 가지의 존재도, 그것들의 색깔도. 그리고 나는 내 자신의 껍질 속에 단단히 몸을 사린 채 누구와도 마주치지 않고 한산한 숲 속을 재빠르게 뛰어다니곤 했다. 소리도 없이 그림자처럼 날아다니는 작은 새들. 모든 것이 조용하기 그지없어 하나의 진공 세계가 펼쳐져 있었다.

그랬는데 오늘은 거뭇거뭇하고 팽팽한 가지가 둔하게 흔들리고 있다. 미친 듯이 지저귀며 날아다니는 작은 새들이 눈에 어지럽다. 바람결 사이로 무거운 공기의 웅성거림이 들려오고, 자꾸만 뭔가가 나를 찌를 듯이 쏘아보며 놓아주지 않는다.

땅 밑에서 가지를 따라 한없이 뿜어 올라오는 것이 있고, 그 기세는 금방이라도 일제히 소리를 내며 공간을 찢어낼 것 같다. 내 손가락 끝이나 머리 위에도 싹을 틔울 셈인지 온몸이 근질거리며 기분이 이상해져 온다.

나는 가까스로 잡목림을 도망쳐 나와 서둘러 시내를 향한다. 내리쏘이는 금빛 햇살 탓일까. 핏발 선 인파 속에 몸을 담고 싶은 격렬한 충동이 치밀어 오른다.

초봄 2

초봄의 잡목림을 걷는다. 금빛 햇살과 냉기가 뒤섞여 피부
가 묘하게 따끔거린다. 그래도 거뭇거뭇하게 흙은 냄새를 피우
고 구두 밑이 간지럽다.

어쩐지 작은 새들의 지저귐이 귀에 따갑다. 문득 무슨 기척
에 고개를 드니, 높게 뻗은 저편 가지가 푸른 공간에 흔들리고
있다. 공기의 떨림은 내 몸을 통과해 주변으로 퍼진다. 작은 새
가 날아오른 것일까.

넓은 잡목림치고는 드물 정도로 적은 상록수며 추위에 강한
잡초가 유난히 푸르게 비친다. 드문드문한 푸른빛으로 다갈색
모노크롬 세계가 한결 선명하다.

천천히 안쪽으로 발걸음을 옮길수록 사뭇사뭇 압박감에 휩싸여 가슴이 답답해지는 것을 느낀다. 그나저나 참 이상도 하다. 오늘의 마른 가지는 상록수의 그것보다 더 생생하니 말이다. 지금까지 그렇게 가벼이 굳어 있었을 가지가 어쩌면 이토록 묵직하되 또 나긋나긋한지. 겨우내 밑으로 밑으로 가라앉아 갔던 것이 이번에는 위로 위로 필사적으로 솟구쳐 올라오고 있다.

가지와 가지 사이에 이상한 긴장감이 감돌고, 힘에 넘쳐 당장이라도 가지 끝에서 일제히 웃음 같은 것이 뿜어져 나올 것만 같다. 몸이 근질근질하다. 맹렬히 지면에서 구두 바닥을 뚫고 솟아오르는 것이 있다. 내 손이나 머리 끝에도 영문 모를 싹이나 잎이나 꽃을 피울 작정인 모양이다.

기분이 이상해질 것 같다. 빨리 여기에서 벗어나지 않으면 발광한다. 심한 구토감을 느끼며 나는 잡목림의 출구를 찾아 발걸음을 재촉했다.

가영이

아래층 거실에서 새된 어린아이 목소리가 들려왔다. 올해 네 살이 되는 계집아이인 가영이다. 그러고 보니 며칠 전 도쿄에 사는 사촌 여동생인 시화로부터, 묵을 겸 놀러오겠다는 전화가 왔었다. 한 달에 한 번은 아이를 데리고 나타나 집안일을 돕거나 놀다가 돌아간다. 가영이는 얌전한 아이로 내 그림에 흥미가 있는 듯, 아틀리에에서 노는 것을 좋아한다.

나는 벽에 기대어놓은 150호짜리 커다란 하얀 캔버스를 향해 바닥에 주저앉은 채로 멍하니 있었다. 통탕통탕 어린아이 발소리가 들리는가 싶더니 가영이가 2층으로 뛰어올라왔다.

"할아버지 안녕하세요?" "그래, 어서 오너라."

"뭐 보고 있어요?" "캔버스의······."

"하얀 캔버스, 아무것도 없잖아요." "글쎄다."

"뭔가 보여요?" "글쎄다."

"요전번에도 캔버스 보고 있었는데, 재미있어요?" "그래."

"할아버지, 가르쳐줘요. 뭐가 재미있어요?" "크거든 알게 돼."

"가영이한테는 아무것도 안 보여요." "가영이한테는 안 보여도 할아버지한테는 그림이 보인단다."

"우와, 어떤 그림인데요?" "으음, 그건 말할 수 없구나."

"비밀이에요?" "그래."

"뭘까? 가르쳐줘요." "이것 참 야단났네."

"왜 안 가르쳐주는 거예요?" "가영아, 사실은 할아버지도 잘 몰라."

"정말?" "응, 그렇단다."

"흐응."

상대하기가 곤란했던 나는 문득 초콜릿을 생각해내고, "가영아, 좋은 거 줄게" 하고는 일어섰다. 바로 며칠 전, 파리에서 가지고 돌아온 트뤼프 초콜릿을 가까운 선반에서 내려 한 개를 가영이의 입에, 또 한 개를 내 입에 넣었다. 살살 녹는 맛이다.

가영이도 나도 입을 우물거리며 즐겁게 웃고 있는데 전화가 울렸다. 수화기를 들고 점차 언성이 높아지자, 가영이는 거실로 내려갔다.

시화와 가영이는 집에서 묵었다. 이튿날 오후, 나는 아틀리에 옆방에서 전시회 스케줄 메모를 검토하면서 계속 생각에 잠겨 있었다. 시화가, "가영아, 가영아, 어디 있니?"라고 아이의 이름을 부르면서 계단을 올라오는 소리가 들렸다. 고개를 들고 방문 너머를 보니 어느 틈엔지 하얀 캔버스 앞에 가영이가 동그마니 앉아 있고, 시화가 들어왔다.

"어머, 가영아, 여기서 뭐 하니?" "캔버스 바라보고 있어요."

"뭐라고?" "그림을 보고 있어요."

"아무것도 없는데?" "엄마한텐 안 보여요?"

"가영이한테는 보이니?" "비밀이에요."

"무슨 말을 하는 거니?" "가영이는 말이죠, 할아버지처럼 하얀 캔버스에서 그림을 보고 있는 거예요."

"할아버지가 무슨 소리를 하신 게로구나." "가영이한테도 보인다구요."

"흐응."

마침 그때 전화가 울려, 내가 전화를 받고 성난 목소리로 이야기에 열중해 있는 동안 시화도 가영이도 밑으로 내려갔다.

저녁 무렵, 시화가 작별인사를 하러 왔기에 나는 읽고 있던 책을 덮고 배웅하러 나갔다. 이미 시화도 가영이도 택시에 타고 있었다.

"가영아, 또 놀러 오너라"라고 말을 걸었다. "할아버지, 다음에 오면 또 하얀 캔버스 바라보기놀이 해요." 가영이의 말을 남기고 택시는 떠났다.

나는 어안이 벙벙하여 우뚝 멈춰 섰다. 그 아이는 무엇을 알았다는 것일까. 내가 아무것도 보지 않았다는 것을 눈치 챈 걸까. 아니면 비밀이라고 한 것을 찾아내려고 필사적으로 캔버스를 바라본 걸까. 뭔가 들킨 듯한 흉내낸 듯한. 아니면 혹시 어린 아이의 눈에, 망망한 하얀 캔버스에 뭔가가 비친 것일까.

아무튼 이다음에 왔을 때 그 아이가 어떻게 나올지 적이 궁금해졌다.

어느 아침의 광기

일요일 아침, 시계를 보니 아직 7시인데도 왠지 잠이 깨고 말았다. 아내를 비롯해 아이들은 덧문을 닫은 깜깜한 방에서 여전히 한밤중인 양 깊은 잠에 떨어진 채로다. 여느 때 같으면 내 쪽이 한밤중이고 아내나 아이들은 벌써부터 아침 식사니 학교니 하며 전쟁터처럼 소란을 피울 시간이지만, 일요일은 천하태평이라는 건지 그네들은 숨소리마저 고르게 전혀 일어날 기미조차 없다.

나는 덧문 틈새로부터 스며 들어오는 한 줄기 빛에서 아침을 보자, 더 이상 이러고 있을 수 없다는 생각이 들어 이부자리에서 빠져 나왔다. 화장실에도 가고 얼굴도 씻고, 그리고 부엌에 들어갔다. 커튼 치는 것을 잊어버린 유리창 가득히, 눈부신 아침 햇살이 해일처럼 밀려 들어와 있었다. 찬장에 줄지어 있는 유리 잔이며 접시는 빛에 젖어 반짝반짝 빛나고, 판대편 벽에 주루룩 걸려 있는 냄비며 프라이팬 역시 스스로 빛을 뿜어 선명히 아롱거리고 있다.

커피를 끓여 마시면서 담배에 불을 붙이고 주위를 둘러본다. 젓가락은 수저통에, 꽃은 꽃병에, 걸레는 바닥에⋯⋯. 어느 것이나 다 있어야 할 자리에 가지런히 놓여 있다. 어젯밤은 늦게까지 많은 손님들과 먹거니 마시거니 했는데 마치 거짓말처럼 그 소란은 그림자도 찾아볼 수 없다. 어디에 어떻게 치웠는지 부엌에는 먼지 하나 보이지 않고 음식 냄새조차 없다. 어디를 둘러보아도 모든 것이 손가락 하나 댈 곳도 없으니 지나치게 완벽한 건 아닐까? 이건 아무래도 좀 정상이 아니야. 저기 어디쯤 해서 음식 찌꺼기가 흩어져 있다든지 프라이팬이 조금 비스듬히 걸려 있다든지 해야 되는데, 라는 생각을 하며 문득 테이블 위로 시선을 준다. 도마 위에 끝이 뾰족한 커다란 칼이 놓여 있다. 도마는 긴 연륜을 말해주듯 무수히 칼자국이 나 있고, 가운데는 꽤 움푹 패여 있다. 칼을 손에 쥐자 빛을 받아 날 부분이 한층 예리하다.

무라도 썰 듯이 빈 도마를 두들기고 있자니 별안간 웃음이 치밀어 올라 멈추질 않는다.

나는 자신도 모르는 사이에 양손으로 단단히 칼을 쥐고는 정자세로 공간을 내리치거나 야앗, 하고 소리를 지르면서 전방을 찌르거나 하며 한바탕 난리법석을 떨고 있었다. 거기에 갑자기 어린 딸아이가 깜짝 놀란 얼굴로 나타났다. 아빠, 뭘 하고 있는 거예요? 아니, 너무 좋은 아침이라서 말이다, 아하하하.

곰팡이 핀 사과

두 달 남짓한 여행에서 돌아와 내 방에 들어서니 새콤달콤한 냄새가 코를 찔렀다. 사과 썩은 냄새임을 금방 알았다. 책상 위의 흰 접시에 기이한 청록색 곰팡이 덩어리가 있었다. 내가 떠나던 날이었는지 아니면 이미 그 며칠 전이었는지는 잊어버렸지만, 두세 번 깨문 채로 놓아둔 것이 어두컴컴하게 가라앉은 공기에 잠기어 잠잠히 타올라버린 모양이다.

가족이라도 내 방에는 웬만해선 들어와선 안 된다. 꽁초로 가득한 재떨이, 흩어진 종이 쪼가리, 마시다 만 차라도 멋대로 치워서는 안 된다. 먹다 만 사과가 이런 꼴이 되어 있어도 이상할 건 없다.

나는 서둘러 창문을 열고 공기를 바꾸기 시작했다. 그런데 썩은 사과를 버리려고 쓰레기통을 찾는 동안 문득 생각이 바뀌었다. 이 색깔하며 형태하며 그리고 냄새하며, 뭐라 형용할 수 없는 기묘한 정물―. 평범한 관상용 과일에 비해 실로 진기한 오브제, 나와 자연과 시간이 함께 만들어낸 귀중한 작품이라고 할 수는 없을까. 곰팡이 접시를 책상에서 사방탁자 위로 옮기자, 한결 의미 있어 보이고 불가사의한 존재감이 있다. 이러고 보니 냄새가 달아나는 것도 아까운 듯한 기분이 들어 조용히 창문을 닫고 커튼을 친다.

담배에 불을 붙이며 책상 위에 쌓여 있는 책을 펼치자 눅눅한 페이지는 그야말로 칼바도스(프랑스 노르망디 지방의 토종 사과를 발효시켜 만든 술)의 바다다. 그것은 침대 속에도 서랍 안에도 벽의 틈새에도 숨어들어, 멀지 않아 돌아올 나마저도 몽땅 침식해버리려고 마친 듯이 기다렸던 모양이다.

새콤달콤하게 익어가는 듯하기도 하고 썩어가는 듯하기도 한, 뭐라 헤아리기 힘든 죽음의 이미지. 썩어가는 한 존재가 이다지도 향기롭게, 이다지도 고독하게 불타오르다니.

에커만(독일의 시인이자 저술가로서 괴테의 비서였음)에 따르면,

괴테는 책상 서랍 안에 사과를 채워 넣고 그 썩는 내에 상상력을 자극받으면서 작품을 써 내려갔다고 한다. 그야말로 신비주의자에 어울리는 퇴폐적인 에로티시즘마저 느끼게 하는 행위다. 그러나 나는 비재약욕非才弱欲한 탓인지 이렇게 취해서까지 글을 쓰고 싶다고는 생각하지 않는다.

하루 종일 방에 틀어박혀 한 개의 썩은 사과를 바라보며, 마치 자신의 죽음을 즐기기라도 하듯 잠시 케케묵은 곰팡내의 행복감에 젖었다.

뱀

가마쿠라는 녹음이 우거진 곳이기도 하지만 습기도 많다. 그 때문인지 추운 계절이 아닌 한 산길을 걷다 보면 도처에서 뱀을 만난다. 집 뒤가 산이라서 뱀은 때때로 현관이나 마당 끝의 담장에까지 출몰한다. 도쿄에서 이사 온 지 이미 7년째나 되는데도 아직껏 뱀에게는 익숙해지지 않는다. 가늘고 거무스레한 구불구불한 것이 근방에 굴러다니는 것을 알게 되면 소름이 끼쳐서 발끝에서 머리끝까지 차가운 것이 훑고 지나가는 것이다.

검붉은 세모꼴 머리를 가진 작고 민첩한 살무사 종류는 느닷없이 덤벼드는 일도 있다. 청보라색이나 적갈색 등 기이한 빛깔을 띤 몇 종류인가의 독사에게도 주의가 필요하다. 그러나 길

다랗고 굵은 각종 산뱀은 이쪽에서 쓸데없이 접근하거나 하지 않는 한 대체로 온순하다. 그래도 어쨌든 뱀이라는 소리를 듣는 것만으로도 무섭고 언짢은 기분이 된다.

초등학교까지를 두메산골에서 자란 나는 어린 시절, 뱀을 보아도 그다지 놀라는 법이 없었다. 그러기는커녕 마을 악동들과 맨발로 산과 들을 쏘다니면서 뱀을 발견하면 누구든지 신이 나서 재빨리 그 놈의 꼬리를 집어들고 공중에서 빙빙 돌리다가 땅바닥에 패대기치곤 하였다. 뱀을 만나도 기쿤이 내키지 않을 때에는 그냥 지나쳤다. 뱀은 뱀이었고, 그 이상도 그 이하도 아닌, 그야말로 시골 동물 중 하나에 지나지 않았다. 시골 사람들에게는 그 성질이나 생태가 잘 알려져 있다. 이것은 시골 생활을 하면서 길러진 자연스런 의식이며 본능적인 사물의 시각이라 해도 좋다.

그것이 이제는 어떤가? 시골을 떠나 도시에서 도시로 삼십 수년을 전전하는 동안, 나는 이미 시골의 자연인과는 거리가 먼 인간이 되어버린 모양이다. 자연을 이야기하고 자연을 아낀다고는 해도, 그것은 자신의 이미지를 부풀리고 거기에 형색을 갖추기 위한 방편에 지나지 않는 경우가 많다. 이미 자연은, 그 있는 그대로에 가까운 모습이라든가 등신대의 상태로 받아들여지지는 않는 것이다. 모든 것은 출처 불명의 정보나 제멋대로인 이미지에 의해 덧칠되어 그 정체는 점점 숨겨져 갈 뿐이다.

예로부터 뱀은 신화나 성경 속에서도 이미 요물시되어 두려움과 미움을 받아오기는 했다. 그 야릇한 빛깔의 비늘 덮인 피부며 날쌘 혀의 움직임, 차가운 감촉, 묘하게 길고 꾸불거리는 몸짓은 확실히 보통의 감각으로는 친근해지기 힘들고 시각적, 심리적으로 기묘하게 비친다. 게다가 지구상에서 가장 오래된 동물 중의 하나인 데다가, 한번 노린 것은 놓치지 않고 일격의 맹독으로 상대를 죽여버리는 위력을 가졌다던가. 꼭 그런 것도 아니겠지만 집념이 강하고 독살스러운 사람을 뱀에 비유하기도 한다. 또한 드문 일이긴 하지만, 산에서 뱀에 물려 죽었다는 신문 기사가 도시 사람들을 놀라게 하는 경우도 있다.

그건 그렇다 치고 오늘날처럼 뱀의 이미지가 정체불명의 것, 나아가서는 이 세상에 존재해서는 안 되는 것으로까지 과장되어 왜곡된 시대도 드물지 않을까? 도시인이 뱀을 잘 모르는 데서 오는 오해라고도 할 수 있다. 또한 어디에서나 볼 수 있는 것이 아니라는 비일상성이 문제일 듯도 싶다. 아니, 사실은 그런 것이 아니라, 이제는 웬만한 근처의 산이나 들이라 해봤자 이미 인공적인 정원으로 화하여 뱀은 그곳에 어울리지 않는 동물로 남겨졌기 때문이라고 말해야 하는지도 모른다

그리고 생각하건대, 나는 인공인이 된 지 이미 오래다. 나는 뱀에 한하지 않고 온갖 야생의 자연이라는 것을 진작에 내 세계로부터 추방해버리고 있다. 뱀……. 따라서 이 단어의 울림은 맨발로 산과 들의 수풀 사이를 본능에 맡긴 채 무방비로 뛰어다니던 시절의 그것이 아니다. 이미 뱀이라는 말은 실제의 뱀과 너무 어긋나 있다. 오히려 실체를 잃어버렸다고나 할까, 그것을 가지고 있지 않다는 것이다.

나는 지금에 와서는 눈앞에서 뱀과 마주치면 그곳에서 요물을 보는 것 외에 사실을 사실 그대로로 인정할 능력을 가지고 있지 않다. 나야말로 요물이 된 증거라고도 말할 수 있을 것이다. 따라서 이렇게 고쳐 말해도 될 법하다. 도시에 의해 사육되어 스스로가 요물화해갈수록, 끈질기게 있는 그대로의 모습으로 남아 있는 것의 상징으로서 더욱더 뱀은 공포의 대상으로 부풀어 오를 것임이 분명하다고.

발굴 작업

    뜰 앞에 있는 고목 뿌리를 치우려고 맨발로 삽을 들고 흙을 파내고 있었더니 밑에서 야요이(신석기 시대에서 청동기 시대로 이행하는 금석金石 병용기 때의 일본의 문화 양식)인 듯한 토기 파편이 몇 개 나왔다. 즉시 흙을 씻어내고 바라보니 상당히 아름답다. 이대로 가면 혹시 뜻밖의 보물이라도 찾게 되는 건 아닐까. 반은 장난삼아 그런 기분으로 계속 파내려 갔으나, 역시 흙 밑에서 나오는 것은 언제까지고 흙뿐이다. 더 이상 파면 보물은커녕 밑바닥에서 기다리고 있는 것은 흙도 아닌 뭔가 공허 같은 것이 아닐까 하는 생각이 문득 드는 순간, 그만두었다. 맥이 빠져 삽을 집어 던지고 땅바닥에 앉아 담배에 불을 붙이고 있는데, 왼쪽 발바닥이 묘하게 따끔따끔하다. 별 생각 없이 발바닥을 들여다보니 진흙과 엉켜 피투성이다. 허둥지둥 발을 씻고 살폈더니, 발바닥이 몇 군데나 베여 여기저기서 피가 흘러나온다. 유리 조각이나 토기 파편에라도 찔린 것일까. 상처 깊숙이 무슨 나쁜 것이라도 박혀 있지 않아야 할 텐데……. 걱정이 되어 곧 소독약을 바르고 아픔을 참으며 핀셋으로 하나하나 상처를 살폈으나 흙먼지 말고는 그럴 만한 것이라곤 보이지 않는다.

잠시 태고의 꿈을 보여주었다고 생각하면 이 정도의 상처쯤이야 고마울 따름이지 하고는 발을 다시 씻기만 하고 약간의 아픔을 참으며 그날 밤을 보냈다. 그런데 다음 날 아침, 왼쪽 발은 전체가 부어오르고 뜨끔뜨끔 아프기 시작하여 드저히 지면을 밟고 걸을 수 있는 상태가 아니었다. 아내의 차로 부랴부랴 병원에 가서 의사에게 보였다. 뭔가 날카로운 파편에 조금 깊이 찔린 모양이라나. 그래도 상처 안에 박혀 있는 것은 없는 듯하다며 약도 발라주지 않고 간단히 되돌려 보낸다.

이삼 일 동안은 욱신욱신 아렸으나 그러다가 가려워지고 부기도 가라앉을 무렵에는 땅을 밟아도 아무렇지도 않게 되었다. 그리고 한 열흘쯤 지나자 이미 발바닥 같은 건 乊의 잊어버리고 있었다.

그것이 어느 비 오는 밤, 책상 위에 놓아두었던 예의 그 토기 파편을 무심코 바라보고 있는데 슬슬 발바닥이 근질거리더니 점점 아려오기 시작한다. 기분 탓일 게다. 눈앞 파편의 바랜 색깔이며 까슬까슬한 감촉, 곰팡이 냄새 같은 오래된 물건이 지니는 신비한 기운에 매혹되어 간다. 이 몇 개의 파편은 그 둥그스름한 표면으로 미루어 아마도 둥근 항아리의 일부이리라. 원래의 모습에서 벗어나 더욱 무엇인가를 상상케 하는 파편—. 머나먼 아득한 시간의 색깔과 냄새에 끌리면 끌릴수록, 이상하다. 발바닥의 그 자리가 점점 심하게 욱신거린다. 뭔가가 살 속에 박힌 채로 상처가 아물어버린 느낌이 들어 견딜 수가 없다. 책상 위의 파편과 발바닥 어딘가에 갇힌 작은 조각이 서로를 부르고 있는 것일까. 그러고 보니 책상 위의 파편 모서리들이 유난히 예리하고 비린내 나는 것처럼 보이지 않는가. 손가락 끝으로 발바닥을 눌러보니 아문 상처는 어디나 딱딱하고 아프다. 아무래도 역시 상처 안에는 책상 위의 것과 같은 조각이 들어가 있는 것이 분명하다. 그런 생각이 들기 시작하자 더 이상 영 그냥 있을 수가 없다.

아내의 반짇고리에서 바늘을 찾아내 쑤시기 시작했다. 전등을 가까이 대고 확대경으로 철저하게 들여다보면서 조금씩 상처를 벌려 간다. 처음에는 찌르는 데가 따끔한 정도였으나 바늘을 깊이 세게 쑤셔 넣음에 따라 아픔은 정수리 끝까지 울려 견딜 수가 없다. 그래도 끈질기게 탐색을 계속한다. 마치 고대 폐허의 발굴 작업이라도 하듯 집요하게 뭔가를 찾아대는 것이다. 무참하게 파헤쳐진 발바닥은 피투성이가 되어 발밑에 깐 신문지까지 새빨갛게 물들었다. 아무리 시간이 지나도 찾아지는 것은 없고 바늘 끝은 허망하다. 문득 내 방을 들여다본 아내는 눈앞의 광경에 아연한 듯, 당신 미쳤어요, 하고 소리치더니 바늘을 냉큼 빼앗아버렸다. 틀림없이 어딘가에 묻혀 있을 거야. 난 언제고 반드시 찾아내고야 말겠어!

그날 이후 지난 몇 달간, 벌써 몇 번째 발굴 작업을 되풀이하고 있는지, 발바닥은 이제는 완전히 폐허 그 자체다. 비가 올 듯하면 어김없이 토기 파편이 날 부른다. 그리고는 야릇한 요기妖氣 같은 것이 나를 에워싸며, 바늘을 쥐게 하고 발바닥과 마주보게 한다. 처음에는 쑤시는 곳을 겨냥하여 주의 깊게 살살 찾기 시작한다. 그러나 점점 바늘의 움직임은 거칠어지고, 아픔은 아랑곳없이 닥치는 대로 파헤친다. 도대체 어디에 숨어버린 걸까. 당초에는 작고 가벼웠던 것이 점점 내 몸 속에서 생명을 부여받아 날카롭고 무겁고 커다란 생명체가 된 모양이다. 이쪽을 건드리면 저쪽이 거슬리고 저쪽을 파면 그 건너편으로 도망쳐버린다. 오른손에 바늘을, 왼손에 확대경을 들고 끝없이 새빨간 발바닥을 들쑤시며 헤매고 다니는 것이다. 이 무모하고도 불가해한 행위에, 언제부터인지 나는 종잡을 수 없는 슬픔에서 오는 듯한 어떤 쾌감을 느끼기 시작한 모양이다.

그러던 어느 날, 비가 올 듯한 날씨라 내 방으로 돌아와 책상 위를 보니 그 토기 파편들이 보이지 않는다. 이거 큰일이다 싶어 허둥지둥 부엌으로 쫓아가 아내에게 물으니 쌀쌀맞게, 묻어버렸어요, 한다. 그것이 발견된 원래 장소를 깊이 파서 잘 묻어주었다는 것이다. 나는 울컥했다. 그렇게 소중한 걸 누가 묻으랬어! 그런 건 자신한테나 물어보세요. 나는 얼떨결에 대꾸할 말을 찾지 못한다. 저기 좀 보라구요. 다다미나 카펫 여기저기에 핏자국투성이잖아요. 아이들은 기분 나빠하지, 손님들은 이상한 눈으로 보지…….

발바닥이 참을 수 없이 근질근질해져 온다. 역시 나는 파편의 저주를 받고 있는 것인가. 아니, 그럴 리 없어, 하고 생각하면서 외쳤다. 파편을 버려봤자 나는 그만두지 않아. 누가 그만둘 줄 알고. 바늘로 안 되면 칼로라도 찾아낼 때까지 (발바닥을) 파헤칠 거라구!

겨울 이야기

일요일 아침, 따끈따끈한 창가에 앉아 손톱을 깎고 있다가 잠시 졸았었나 보다. 뜰 앞의 감나무가 자꾸만 흔들리고 이따금 바람이 유리창을 두들긴다. 다시 손톱을 깎기 시작한다. 때를 파낸다. 손톱의 때를 달여 마시면 머리가 맑아진다고 한다. 그렇다면 둔해지기 위해서는 뭘 달여 마시면 좋을까. 손가락 끝에서인지 깎아서 버린 손톱에서인지, 향수가 썩은 듯한 나른한 때 냄새가 주변에 가득하다. 문득 생각이 떠올라 빙긋. 까맣게 잊고 있었다. 그 풀들은 생기를 찾았을까? 내 사랑스러운 것들······.

스웨터를 어깨에 걸치고 현관을 나서니 차가운 바람이 순식간에 달려든다. 올 겨울의 추위는 유난히 심한 것 같다. 이런 이런, 모두 말라 비틀어져 있다. 역시 무리였던가. 쓸데없는 짓을 해서 죽어버린 걸까. 바닥으로 만든 콘크리트 표면에 뚜렷하게 가느다란 금이 가 있다. 그 밑을 온수 파이프가 지나고 있는 듯한 길이 70센티미터 가량의 균열 부분. 거기에 작고 가느다란 풀들이 일렬로 나 있었고, 어느 날 그것을 발견했을 때는 미칠 듯이 기뻤다. 아침저녁으로 그곳을 들여다보며 희죽희죽 웃고 있는 나를 아내는 망측하다고 한다. 한국의 어느 시인의 말을 흉내 내어, 내가 그런 말을 읊조렸기 때문이다. 음모야 자라라. 음모야 무성하라. 이른 봄 강가의 새 풀처럼 음모여. 크고 굵어져라! 추운 겨울에 그곳만이 은근히 열기를 내뿜고 있는 듯, 그 가냘픈 푸르름이 애처롭다. 손으로 쓰다듬거나 상냥하게 말을 걸면서 날이면 날마다 애무를 계속했다.

　추위에 두 번씩이나 잠이 깬 밤이 있었다. 이튿날 아침 커튼을 여니, 아니나 다를까 밖은 온통 새하얗다. 하지만 뛰쳐나가 보니 눈은 아니고 밤새 내려 쌓인 듯한 서리다. 금 간 부분을 들여다보니 풀들은 시들어 오그라져 있다. 이거 안 되겠다. 서둘러 주전자에 미지근한 물을 담아서 다시 나와 몇 번이고 몇 번이고 정성껏 부어주었다. 노인네도 아니면서 할 일도 잊어버리고, 이상한 취미네요. 아내가 경멸하는 눈초리로 말한다. 뭘 덮어줄까고도 생각했으나, 아내나 옆집 아주머니까지 보고 있는 모양이라 그냥 둔 채로 나갔다. 하루 종일 걱정이었다. 그러나 간밤에는 귀가가 늦었고 취하기도 한 터라 그것을 들여다보는 것을 까맣게 잊고 있었던 것이다. 설마 했었는데……. 푸른 생명 따윈 아무데도 찾아볼 수 없다.

나는 지금까지 꿈을 꾸고 있었던 것일까. 신기하리만큼 요염하게 비쳤던 그 언저리가 그저 멋대가리 없는 콘크리트의 균열면에 지나지 않는다. 무참히 말라버린 것을 몇 가닥 손바닥에 올려놓고 찬찬히 들여다보았다. 형용할 수 없는 슬픔이 북받쳐 오르는데도 까닭 없이 웃음이 나온다. 손바닥 위의 것이 바람에 날려 공중에 너울거린다. 망연히 서 있는 내게 옆집 아주머니가 의미심장한 얼굴로 인사를 한다. 나는 당황해서, 좋은 날씨네요. 갑자기 바람이 세차게 느껴져 마음을 고쳐먹고 방으로 들어갔다.

또 창가에 앉아 남은 손톱을 쥐어뜯듯 깎아내고는 정성껏 갈아 간다. 드디어 열 손가락의 손톱 깎기가 다 끝났으므로 이번에는 발톱을 살펴보았다. 마침 깎을 때가 되었다. 하지만 오늘

발톱까지 마저 깎아버리는 것은 좀 아깝다. 부지런히 주변을 정리하기에는 나는 아직 너무 젊다. 내일이나 도 그 내일의 즐거움으로 남겨 두기로 하자.

로마네콘티로 건배

저녁 식사 시간이 되어 마루 밑을 열고 오늘 밤에 마실 와인을 찾기 시작했다. 그다지 종류가 많은 것도 아니지만, 집에서 식사를 할 때는 어느 걸로 할까 하고 늘 망설인다.

작년 가을, 부르고뉴의 몽티에 가에서 나누어 받은 보르네 89년산이 아직 두 병 남아 있었기에 한 병을 꺼냈다. 그러나 코르크 마개를 열자 강한 냄새가 코를 찌른다. 식사 준비하던 손을 멈추고 맛을 본 아내가 "신데요" 한다. 그렇다면 하고, 후렐 가의 크로 부지요 91년산을 뺐다. 이번에는 내가 시음했는데 너무 싱겁다. 마침 밖에서 돌아온 셋째 딸 보나가 한 모금 마시고는, "난 안 할래." 하는 수 없이 이따금씩 테이블 와인으로 삼고 있는 싸구려 카오르를 마시기로 했다.

　작업이 잘 진행되지 않는데다가 와인까지 맞지 않으면 식사 시간이 무겁고 짜증스러워져 온다. 요리에 젓가락도 대지 않고 밑을 내려다보고 있는 말 없는 내 얼굴빛을 살피면서, 아내와 세 아이들은 서둘러 식사를 마치고는 테이블에서 싹 흩어졌다. 언제 내가 화를 터뜨릴지 모르기 때문이다. 아무 맛도 아닌 와인을 마시면서 입이 부어 있는데 둘째 딸 수나가 들어와서, "다음 주 수요일은 이월 말일인데 학교 가세요?" 하고 묻는다. "응." "일곱 시까지는 돌아오세요." "뭐가 있니?" "아무튼요." "……." "아셨어요?" "……응."

　수요일에는 교수 회의에 나갔다가 시내의 화랑을 돌고 집에 도착하니 거의 일곱 시였다. 손을 씻고 부엌에 들어가자 아내와 세 아이들까지 한꺼번에 봄이라도 온 것처럼 밝게 와글와글 떠들면서 요리를 만들고 있다. "아빠, 오늘이 무슨 날인지 기억 못하시죠?" "맞추면 좋은 걸 드릴게요." 그런 말을 들어도 나는 짐작도 가지 않았다.

　"뭐 상관없어요. 자, 이거!" 장녀인 미나가 증이봉투에서 꺼낸 것은 로마네콘티다. 90년산. 좋은 해다. 내가 놀라고 있자, 실은 오늘이 아내와 나의 결혼 30주년 기념일이란다. 그래서 아이들이 부모에게는 비밀로 자기들의 월급이나 아르바이트 비에서 매달 조금씩 돈을 모아 샀다는 얘기이다.

그러고 보니 삼 년 정도 전의 어느 날 밤, 보나로부터 가장 마셔보고 싶은 와인이 뭐냐는 질문을 받은 것이 기억났다. 아마도 그때, 가장 마시고 싶은 것은 로마네콩티 71년산, 두 번째는 샤토 마고 45년산, 그 외에도 몇 가지 말한 것 같기도 하다. 연도가 조금 젊다고는 해도 그 제일 마시고 싶다던 것이 눈앞에 있다. 뭔가 잘못된 거겠지. 이건 애들 손이 닿는 가격의 것도 아닐 뿐더러 너무 황당한 짓이다. 거의 3, 40만 엔은 할 것이었다. 아무리 생각해도 납득이 가지 않는다.

"어떻게 된 거냐, 이건." "가장 마시고 싶었던 거죠?" "어디에서 가져온 거야?" "즐겁게 마셔요, 오늘은." "아니…… 이건." "빨리 따요, 아빠." "이런 게 목구멍을 넘어갈 거라고 생각했니?" "우리들이 훔쳐 오기라도 했단 말이에요?" "누가 이런 걸 사 오라고 했어!" "뭐예요, 아빠. 기뻐할 거라고 생각했는데, 너무해." 이번에는 아내가 화내기 시작했다. "당신은 애들의 마음을 짓밟고 마는군요. 늘상 타이프니 번역이니 잔뜩 신세를 지고 있는 주제에. 고맙다는 말 한마디 없이 또 쥐어박는 소리인가요?"

기념일은 내 트집으로 엉망진창이 되었다. 끝내 아이들은 울면서 자기들 방으로 돌아갔고, 아내도 울먹이는 목소리로 슬프다며 부엌을 나갔다. 혼자 남아 로마네콘티를 찬찬히 바라보았다. 아무리 와인을 좋아한다 한들 이렇게 비싼 것을 태연히 기뻐하며 마실 것으로 생각한다면 곤란하다. 어쨌든 와인을 마루 밑 안쪽에 집어넣고 나도 내 방으로 향했다.

그로부터 두 달 정도 지난 어느 날, 화랑 주인과 함께 오랜만에 긴자銀座에 있는 '유시피아'에 갔다. 도쿄에서 최고로 맛있는 와인을 마시게 해주는, 내가 좋아하는 레스토랑이다.

식사 도중, 소믈리에인 다나카 씨가 말을 걸어 왔다. "로마네콘티는 맛있으셨습니까?" "네?" "두 달 정도 전에……." 순간 나는 번쩍 깨닫고 얼떨결에, "아, 네, 마셨습니다"라고 대답했다. "어떠셨어요?" "정말 맛있었어요. 그런데 어떻게 그걸?" "사실은 비밀로 해달라고 아가씨들한테 부탁받았습니만" 하고 그는 이야기를 시작했다.

젊은 두 여성은 미나와 수나라고 이름을 밝혔고, 아버지로부터 평소에 '유시피아'의 와인 이야기를 듣고 있었기에 레스토랑을 찾아 헤매다 겨우 도착했다는 것이다. 그리고 그녀들은 로마네콘티 71년산을 팔아 달라고 했다. 이유를 물으니, 부모의 결혼 30주년인데 아버지가 제일 마시고 싶어 하는 것을 사기 위해 셋이서 삼 년 동안 저금하여 10만 엔을 갖고 왔다는 것이다.

다나카 씨는 그녀들의 얘기에 놀랐으나 일단, "그 돈으로는 로마네콘티 71년산은 살 수 없습니다" 하고 거절했다. "그럼 샤토 마고 45년산을 주세요." "그것도 무립니다." "10만 엔인데도?" "100만 엔짜리도 있는걸요." 선 채로 흥정하는 동안 그녀들은 어두운 표정이 되어 입을 다물고 말았다. 나를 오래전부터 알고 있는 다나카 씨는 그녀들의 이야기를 듣고 주방에 들어가 셰프와 의논했다. 그리고 로마네콘티 90년산을 그녀들에게 건네주었다. "정성은 받아 두겠지만 이것은 아가씨들의 마음에 선물하는 겁니다. 아버님께 축하 안부 전해주세요." 이리하여 두 아가씨는 웃는 얼굴로 돌아갔다는 것이다.

나는 귀가 길에 전철 안에서 자꾸만 중얼거렸다. "정말 쓸데없이 바보 같은 짓을 했어." 누구에게 무슨 말을 하는 건지 나 스스로도 알 수가 없었다. 그나저나 어떤 얼굴로 아이들에게 말을 꺼내면 좋을지 생각이 나지 않는다. 가마쿠라 역에 도착하여 전철에서 내릴 무렵, 겨우 하나의 안이 떠올랐다. 맞아, 곧 아내의 생일이니 이번에는 오래간만에 내가 요리라도 만들어서 그날 그것을 짠 하고 꺼내자. "이날을 위해 간직해두었던 거라구, 하하."

햄버거

고등학교에 갓 들어간 친구의 딸을 만나, 배가 고프다고 하기에 아는 이가 셰프를 맡고 있는 레스토랑으로 안내했다. 햄버거가 먹고 싶다고 한다. 고급 프랑스 요리점에서는 취급하지 않는 것을, 셰프에게 특별히 부탁해서 한껏 솜씨를 부린 햄버거를 만들어주었다. 아이의 아버지와도 잘 알고 있는 주인이며 셰프며 종업원들이 번갈아 테이블로 인사를 오거니 요리 설명을 하거니 하며 대단히 신경을 써주어 초특급 서비스를 받았다.

그런데 그녀는 시종 꼼지락거리며 그다지 기쁜 눈치가 아니다. 색색가지 것들이 가득 끼워져 있는 햄버거의 안쪽을 의아한 듯 들여다보며, 칼은 쓰지 않고 포크만 가지고 조금씩 잘라서는 무거운 듯이 입으로 가져간다. 겨우 일을 끝내기라도 한 것처럼 포크를 내려놓은 뒤, 샤베트를 먹거나 커피를 마실 때도 어쩐지 귀찮은 듯하다. 이렇게 맛있는 것이 입에 맞지 않을 리는 없으리라 여겨지는데, 아무래도 나로서는 납득이 가지 않는 모습이다.

　식당을 나와 역까지 걸어가면서 맛이 없었느냐고 물었다. 그러자 레스토랑은 익숙하지 않아서 잘 모르겠다는 전제를 단 뒤, 자기로서는 맥도날드 쪽이 훨씬 좋다는 대답이다.

　그렇다면 가장 입에 익숙한 집의 햄버거가 제일 좋겠네? 아뇨, 엄마가 만들어주는 것도 좀 귀찮은 맛이 나는걸요. 하지만 맥도날드 것은 무미건조한 것 같은데, 그래서 좋은 거예요. 일일이 눈에 거슬리지 않고 입에 들어가니까요.

　그러니까 음식에 깊은 맛이 있거나 눈에 뚜렷하게 보이는 요리는 피곤한 모양이다. 엄마가 만들어주는 것은 정성이거나 애정 덩어리이고, 레스토랑의 것은 진귀해서 지나치게 특별하곤 하여 어느 쪽이나 의미가 가득하다. 아무것도 생각하지 않아도 쓱 목구멍을 넘어가는 것과는 사정이 다르다. 일일이 고마움을 느껴야 하고, 음미해야 하고, 해석을 들어야 하고, 인사를 나누어야 하고……. 그런 것은 견딜 수가 없나 보다.

훗날, 맥도날드 앞을 지나가다가 그녀가 생각나서 안으로 들어갔다. 줄을 서자 바로 내 차례가 되어 유니폼을 입은 여자아이에게 햄버거를 주문한다. 차례차례 기계적으로 나오는 것을, 나는 받자마자 입에 넣으면서 주위를 둘러본다. 그녀 또래의 젊은 남녀들이 몰려서서 손에 손에 햄버거 같은 것을 쥐고 뭔가 재잘재잘 떠들고 있다. 모두들 밝고 즐거운 듯, 번지수가 틀린 듯한 내 모습에는 아무도 개의치 않는다.

나는 손에 든 것을 찬찬히 씹어본다. 거기에는 물질의 감촉은 없고, 마치 햄버거라는 단어만을 입에 넣고 있는 것 같다. 하지만 참고 먹고 있노라면 이윽고 나도 저 언저리의 젊은이들을 닮아 서서히 투명인간이 되어 갈지도……. 라는 건 거짓말이고, 나는 이 무감각하고 무심한, 지나친 무미건조함에 일종의 고통을 느끼기 시작했다. 그때의 그녀는 반대의 의미에서 내가 알 턱도 없는 고통을 느꼈음이 틀림없다.

커피의 맛

프랑스에서 온 지 일주일이 되자 마르틴느는 일본의 커피는 맛이 없다고 한다. 그래서 그녀를 아카사카에 있는 순 일본식을 자랑하는 고급 커피점으로 안내했다. 천장도 벽도 테이블도 모조리 노송나무로 이루어진 세련된 공간으로서, 단조로운 고토 (일본식 거문고) 소리가 나지막이 흐르는 어슴푸레한 무드의 세계이다.

주인은 볶아 둔 블루마운틴의 상등품 원두를 한 알씩 눈으로 음미한다. 그리고 전용 기계로 가루를 내어 천 봉지에 넣고는 포트의 미온수를 천천히 붓기 시작한다. 붓는다기보다는 규칙적으로 조금씩 방울방울 떨어뜨린다고 하는 편이 맞겠다. 이러한

동작을 십수 분이나 계속하여 두 잔 분량의 커피가 완성되자 그것을 뜨거운 불로 살짝 데워서야 겨우 우리들 앞으로 날라 왔다. 주인은 설탕이나 밀크를 넣지 말고 살며시 마시라고 이른다. 잔 밑바닥이 빛나는 듯한 맑은 갈색이 아름답고, 은은한 향이 언저리에 떠돈다. 한 모금 머금자 미묘한 쓴쓸함과 단맛, 신맛, 향긋함이 선명하게 그리고 잔잔하게 입 안에 퍼진다. 섬세함과 우아함의 극치를 달리는 이런 맛은 일본인이기에 가능하다고 여겨진다. 마르틴느도 황홀한 내 얼굴을 보면서 이렇게 세련된 일본 그 자체와 같은 커피는 마셔본 적이 없다며 기뻐했다.

젊은 주인은 시즈오카의 오래된 찻집의 아들이란다. 그래서인지 그의 커피 뽑는 방식은 일본차의 그것이다. 일단 볶은 원두를 다시 뜨겁게 끓이는 따위의 방식은 우습다고 한다. 그렇게 되면 커피의 엑기스도 다른 함유물도 같이 나오고 만다. 너무 쓰거나 신맛이 지나치게 강하거나 하여 커피와 관계없는 설탕이나 밀크로 완화시키게 된다. 사람이 마셔야 하는 것은 커피가 지닌 순수한 쓴맛, 단맛, 신맛 등이지 다른 것이 아니다. 이런 윗물만을 살짝 뽑아내기 위해, 상등품의 교쿠로(玉露, 고급 일본차)를 우려내는 듯한 그 세심한 배려를 필요로 하는 것이다.

물론 유럽에도 여러 가지로 커피 뽑는 방식이 있고, 카페에 따라서도 맛이 가지가지다. 파리에도 커피 맛을 자랑하는 카페가 많지만, 특수한 커피콩에 신경을 쓰기보다는 여러 종류를 섞어서 볶는 방식에 정성을 들이는 카페에 인기가 쏠린다. 그리고 대체적으로 커피는 탁하고 거품으로 가득하다. 열탕의 증기 압력으로 순식간에 커피를 짜내는 것이 일반적인 방식이라 해도 좋다. 쓴 듯, 탄내 나는 듯 혀가 껄끄러운 무거운 맛에, 설탕이나 밀크를 넣어 한층 농후하고 복잡한 것으로 만든다. 마치 갖가지 약재를 넣어 달인 한약 같다. 당연히 불투명하고 걸쭉한 기이한 흑갈색의 그것은 매우 진하고 짙어서, 무엇으로 이루어졌는지 정체를 알아 맞추기란 대단히 어렵다.

유럽의 커피는 역시 유럽의 맛이 난다. 그것은 커피 그 자체를 손상시키지 않을 정도로, 아니 오히려 커피 자체를 돋보이게 하기 위해서 온갖 여러 가지 함유물, 불순물을 굳이 같이 블랜딩한 것이다. 불순한 것들의 혼합 상태에 따라 맛에 중후함을 더하고 그 존재의 폭을 넓히고 있는 셈이다. 단일한 것보다 훨씬 자기중심적인 커피라고 할 수 있으리라.

마르틴느가 프랑스로 돌아간 후 얼마 안 있어 유럽 여행에서 돌아온 친구를 만났다. 그는 웃으면서 말했다. 마르틴느가 자네는 커피 맛을 모르는 사람이라고 하더라는 것이다. 그런 건 일본차지 커피가 아니라고 토로한 모양이다. 충격이었지만 역시 그랬었나, 하고 고개를 끄덕였다. 맛이 진한 파테(프랑스 요리의 한 종류)나 치즈를 주식으로 삼고 있는 곳의 커피가 아니면 커피로 인정이 안 된다. 차茶는 이해해도, 이것이 커피에 관한 것이 되면 양보할 수 없는지도 모른다. 생활이나 문화의 차이는 무섭기도 하다.

생각건대, 일본에서 우리들이 저렇게 정체를 알 수 없는 독한 진흙탕만 마시고 있으면 몸이 버텨내지 못할 것이다. 머리로는 이해하고 있는 것 같아도 사실은 받아들일 수 없는 세계이다. 그건 그렇다 하더라도 커피까지도 차로 만들어버린 일본의 지혜는 현명한 것일까, 멍청한 것일까. 엷고 단순하고 맑은 커피……, 짙고 복잡하고 탁한 커피……. 양쪽을 제각기 잘 이해할 수 있는 좋은 방법은 없는 것인가.

두 개의 공기

이 플라스틱 공기 언제 산 거지? 벌써 10년도 더 쓰고 있어요. 기분 나쁠 정도로 변하지 않는군. 당신처럼 나잇값도 못하고 무미건조한 괴물이죠. 튼튼하고 오래가서 좋잖아. 품위는 좀 없지만 깨질 염려도 없고 신경 쓸 필요도 없어서 꽤 요긴하게 쓰고 있어요. 흐음.

나는 언젠가 일본 친구의 집에서 백 년 정도 묵은 좋은 옻칠 목제 공기를 본 적이 있다. 두 손 가득히 감싸 쥘 정도로 푸짐한, 조금 두툼하고 안이 깊은 검은 칠공기. 군데군데 칠이 벗겨져 오래된 맨살이 드러나기도 하고, 금이며 흠집에 희미하게 얼룩이 져 있기도 했다. 그럼에도 불구하고 그릇은 요염하게 검은 광채를 내고, 칠이 벗겨지거나 얼룩진 부분이 오히려 멋스러운 조화를 이루어 기품 가득한 숨결이 고스란히 이쪽으로 전해져 오는 것이다.

좋은 물건이다, 라고 생각했다. 이 공기는 정말로 살아 있다. 어머니가 할머니가 또 그 선조가 얼마나 정성껏 씻고 닦았는지, 이것을 사용해온 주위 사람들이 얼마나 소중히 다루어 왔는지를 알겠다. 묵직한 무게, 온기 있는 부드러운 감촉, 아스라히 떠도는 어슴푸레한 공기. 조용히 내 가슴에 스며 들어오는 것은 이 집 사람들의 인품이나 일상사들로 이루어진, 그 무엇과도 바꿀 수 없는 역사다. 그리고 시간의 밑바닥에 가라앉아 있는 것이 선명한 광경이 되어 끝없이 눈앞에 되살아나 펼쳐진다. 이 작은 공기가 지닌, 이 얼마나 크나큰 세계인가. 무언가가 보인다는 것은 이런 것일지도 모른다고 느꼈다.

그런데 이 플라스틱 공기로 말하면, 보이는 것을 가지고 있지 않다. 언제까지고 아무 말도 하지 않고 그냥 그곳에 있을 뿐이다. 사람의 감정도 세월도 아로새기지 않고, 살아 있는지 죽어 있는지도 확실치 않고, 일체의 관련을 거부하고 있는 것 같아, 나는 사실 그것이 마음에 걸린다. 무표정하고 차가운 플라스틱 공기와 마주하고 있으면 나까지 할 말을 잃고, 아내의 말마따나 나잇값도 못하고 무미건조한 괴물이 되어버린다. 무의미한 것끼리는 묘하게 투명한 관계인 것이다.

파리

아틀리에를 즐거운 듯 둘러보고 있는 젊은 미인 편집자 S양
은 생글생글하면서 아내를 향해, 저는 이 선생님의 작품을 예전
부터 좋아했어요, 라며 내 그림을 마구 칭찬해댄다. 그래 기분이
좋아진 나는 홍차라도 내오라고 아내에게 이른 다음 S양을 손짓
으로 불러 자리에 앉혔다. 나와 마주 앉자 S양은 즉시 테이블에
노트를 펼치고 취재 스케줄을 맞추기 시작했다. 그녀는 노트의
날짜를 가리키며, 이날까지 그림이 완성될까요, 빨리 사진을 찍
고 싶은데. 작품에 대한 코멘트는 이날까지 보내주셨으면 해요,
라고 해가며 친근한 듯이 이야기를 진행시킨다. 거기에 아내가
홍차를 날라 와서 S양 앞과 내 앞, 그리고 조금 떨어진 곳에 자

신 것을 놓고 앉았다.

　게재할 그림은 산뜻한 드로잉으로 할까 해. 재미있겠네요.
이렇게 붓을 놀려보고 싶어. 이런 식의 그림이 되나요? 테이블
을 사이에 두고 노트에 나와 그녀의 펜이 교차하고 이야기가 무
르익음에 따라 80센티미터 정도 있었던 거리가 60센티미터로,
40센티미터로, 그리고 20센티미터로, 자석에 이끌리듯 두 사람
사이는 점점 좁아진다. 드디어 간격은 0센티미터. 머리카락이
맞닿고 두 사람이 무아지경으로 떠들고 있는데 별안간 번쩍 하
고 아내의 손이 날았다. 그랬나 싶더니 쨍그랑 소리를 내며 S양
앞의 홍차 잔이 쓰러졌다. 홍차가 S양의 하얀 블라우스에 튀었
고, 그녀는 노랗게 축축히 물든 자신의 블라우스에 놀란 눈을 떨
어뜨렸다.

　이거 뭐 하는 짓이야, 당신! 하고 나는 아내를 향해 고함을
쳤다. 아니, 파리가 S양 찻잔에 앉으려고 해서 쫓으려다가…….
바보 같은 게! 아내는 S양에게, 정말 죄송합니다. 하고 사과하면
서 자리에서 일어나 서둘러 수건을 물에 적셔 온다. 미안한 몸짓
이며 당황해하면서도 재빠른 아내의 대응에, S양은 오히려 송구
스러워 하며, 아뇨 괜찮습니다, 하고 곧 웃는 얼굴로 돌아왔다.

다시 의논은 계속되고 아내가 새로 타 온 따뜻하고 쓴 커피를 홀짝이는 동안 이윽고 이야기는 끝이 났다. 오늘은 정말 즐거웠어요. 사모님은 정말 아름답고 친절하시고, 이 선생님 정말 부러운데요. 그럼 이번 일, 잘 부탁드립니다. 핸드백으로 블라우스의 얼룩을 숨기면서 그녀는 나와 아내에게 정중히 인사를 남기고 떠났다.

그날 밤, 아내는 손님 접대에 신경을 쓰느라 역시 피곤했던지 텔레비전 앞에 드러눕자 좋아하는 프로가 방영되고 있었음에도 불구하고 금세 잠이 들어 고른 숨소리를 내기 시작했다. 나나 아이들의 뒤치다꺼리며 자신의 일로 매일매일 힘들겠지. 그런 생각을 하면서 멍하니 텔레비전을 보고 있던 내 눈이 문득 아내의 발바닥으로. 커다란 파리가 앉아 있다. 슬리퍼를 쥐자마자 발바닥을 힘껏 내리쳤다. 그녀는 깜짝 놀라 일어나며, 무슨 짓이에요! 라고 소리를 질렀다. 아니, 파리를 좀 잡으려고⋯⋯.

K양과 T씨의 경우

    화랑을 경영하고 있는 K양은 천재 화가라 불리는 T씨에게 애틋한 감정을 품고 있었다. K양의 인품이나 미모에 T씨 역시 상큼한 매력을 느끼고 있었다. 어느 날 저녁, 호랑에 나타난 T씨를 K양은 식사에 초대했다. T씨도 기쁘게 응하고 행선지는 K양에게 맡겼다. 동경하던 사람을 식사에 청하는 것이니 최고의 분위기로 하자고 생각하여, K양은 격조 높은 가이세키 식당(고급 일식당)으로 T씨를 안내했다.

    바야흐로 튀김, 무침, 국 등 상에는 많은 요리가 올랐다. 역시 명성 높은 식당이니만큼 나온 요리들은 제각각 그 색깔하며 모양하며 그릇하며 그 콤비네이션하며, 양이니 향이니 담은 모양새니 모두가 손을 대거나 먹기가 아까울 정도로 사치스럽고 아름다웠다. K양은 자랑스럽게, 이 집 요리는 예술 작품을 연상시킬 정도로 아름답고 맛있답니다, 라고 T씨에게 설명했다. T씨는 아, 그렇습니까, 하고 끄덕거리면서 젓가락으로 요리를 집기 시작했다. 거기서 K양은 T씨에게, 최근에는 어떤 작품을 제작하고 계신가요, 하고 물었다. 거침없이 젓가락을 움직이고 있던 T씨는 기다렸다는 듯이 눈앞의 아름다운 K양에 대해서나 멋진 요리의 완성도에는 한마디 언급도 없이 느닷없이 자신의 그림 세계에 대해 이야기하기 시작했다.

회화란 곧 그림자인 것입니다. 그리고 그림자란 이미지를 말합니다. 그러나 화가는 이미지를 그리는 건지 그림자를 그리게 되는 건지, 아니면 그려진 것은 물감이라는 물질의 그림자나 이미지인가라는 문제가 되어서 말이죠……. 이것저것 바쁘게 음식을 입으로 나르고 K양이 권하는 대로 술을 들이키면서 이야기는 그칠 줄 모르고 점차 복잡한 부분으로 나아갔다. 그리고 점점 눈은 반짝이고 사고는 또 사고를 낳아, 입에서는 계속해서 새로운 단어가 씹혀진 음식물과 함께 자꾸만 튀어나오고 있었다.

손 닿는 대로 음식을 입으로 가져가며 정신없이 떠들어대는

T씨를 K양은 시종 놀란 눈으로 주시했다. T씨는 K양이 따라 주는 술을 받으며 의기양양하게 지껄여대면서도 어느 틈인가 요리도 K양 몫까지 전부 비워버리고 말았다. 그리고 모든 것은 끝났다. 끝내 K양은 이야기다운 이야기 하나 못한 데다가 음식에는 거의 젓가락도 대지 못한 꼴이 되어버렸다.

식당에서 나와 헤어질 때까지 T씨는 자신의 이야기에 취해, 오늘은 덕분에 조금 더 생각이 진행되었습니다, 하고 웃는 얼굴로 인사를 했다. K양의 낙담한 얼굴에는 이윽고 눈물이 고였다. 그것 참 잘됐네요. 하지만 T씨처럼 섬세함도 태려심도 없는 사람은 정말 싫어. 이걸로 제 눈이 떠졌어요. 그 말을 남긴 채 K양은 도망치듯 그 장소를 떠났다.

하늘에는 만월이 미소 짓고, 거리에는 네온이 번쩍이고 있었다.

버릇없는 손님

커다란 조선백자 항아리를 올려놓은 탁자를 둘러싸고 다섯 명의 손님은 주인과 화기애애한 대화를 나누며 차를 마시고 있었다. 거기에 이 가게에는 처음인 듯한 손님이 한 명 나타났다. 그는 들어오자마자 누구에게랄 것도 없이, 이조백자 항아리는 없습니까, 하고 말을 걸어왔다. 주인은 자리에서 일어나 손님 앞에 나서며 망설이지도 않고, 없습니다, 라고 대답했다.

그러자 그 손님은 이번에는 이 커다란 장롱은 얼만가, 저쪽에 있는 저 돌화로는 진짠가, 저기 이상한 모양을 한 것은 무엇인가, 라고 큰 소리로 물으면서 닥치는 대로 물건을 만지작거리기 시작했다. 함부로 물건을 집어 들고는, 제법 괜찮긴 하지만 흠이 있어, 하고 내던지듯 내려놓는다. 주인은 일일이 정중하게 대답하면서도 조마조마한 눈치다. 탁자 위에 둥그런 곡선의 훌륭한 조선백자 항아리가 빛나고 있는데도 왠지 그것이 눈에 들어오지 않는 모양이다. 그리고 아취 넘치는 문인의 방을 연상시키는, 멋지게 연출되어 있는 이 방의 물건과 공간의 조화도 전혀 알아차리지 못하는 것 같다. 그 손님의 너무나도 무례한 행동거지에 모두는 어이가 없어서 아연한 얼굴로 서로 쳐다보았다.

그가 가게 안을 한바탕 휘젓고 나가기까지 실제로는 10분도 채 걸리지 않았을 터였다. 그런데도 한 시간 이상이나 헛된 시간이 흘러버린 느낌이 들어 모두들 한숨 섞인 쓴웃음을 지었다. 자리는 완전히 흥이 깨져 서로 무슨 말을 해야 할지 모른 채 점점 앉아 있기가 거북해졌다.

하나 둘씩 탁자에 앉아 있던 손님도 돌아가고 마지막으로 내가 일어섰을 때, 주인은 중얼거렸다. 이상한 손님이 들어오면 장사는 어림도 없습니다. 분위기랄까 공기가 흐려져버리지요. 애써 진열해 놓은 물건들뿐 아니라 가게의 공간 전체가 뒤죽박죽 안정감이 없어지고 완전히 엉망이 됩니다. 보세요, 이 항아리, 이상하게 작고 색이 바래 보이지요? 마치 태풍이 지나간 것처럼 모조리 흐트러져버렸어요. 가게에 좋은 손님이 들어오면 공기에 생기가 돌아 저기 저 가구나 병풍이나 도자기 등, 그야말로 모든 게 생생하게 정말로 즐거운 듯한 표정을 보여주는데…….

주인의 탄식을 들으면서 가게를 나왔을 때, 나는 복잡한 기분에 휩싸였다. 어쩐지 그 버릇없는 자에게 점점 은밀한 질투심이 솟아올랐기 때문이다.

세 사람

　밤도 이슥하여 술집을 돌다가 K와 나는 N이 이끄는 대로 그의 집에 들렀다. 그러자 N의 부인이 재빨리 따끈한 오차즈케 (녹차에 만 밥, 간단히 끼니를 때울 때 먹음)를 만들어 내왔다. 세 사람 다 허기져 보였나 보다.

　그러나 나는 내키지도 않는 술을 무리하게 과음한 탓인지, 배는 고픈데도 아무것도 입에 대고 싶지 않다. 그래도 먹지 않으면 실례가 될 것 같아서, 맛있는데요, 하고 마음에도 없는 말을 하면서 애써 조금씩 목 안으로 흘려 넣는다. 도통 맛을 알 수 없다. 참고 젓가락질을 하며 N 쪽으로 눈길을 주니 그는 우물우물 정말로 맛있게 먹고 있다. 국물이나 밥풀 한 알까지 음미하듯 입을 놀리며 행복하기 그지없는 만족스런 얼굴이다.

그런데 K는 쩝쩝거리고 오차즈케를 마시며 술집에서 하던 이야기를 계속하느라 여념이 없다. 마구 입에서 밥알이 튀어나오고 손에 들고 있는 공기와 젓가락을 아랑곳없이 흔들어대면서 형편없는 세상사에 대한 불평불만을 토로하고 있다. 열변을 토하느라 바빠서인지 오차즈케의 맛은커녕 질린 얼굴을 하고 있는 주변 분위기는 전혀 눈치 채지 못하고 있다.

나는 생각한다. 만일 우리 집 아이가 저런 식으로 밥을 먹는다면, 까불지 마, 하고 한 대 쥐어박을 것이다.

이와는 반대로 N은 또 이 무슨 순진한 무조건적 도취자란 말인가. 아무리 사랑하는 아내가 만든 것이기로서니 오차즈케 따위로 저토록 만족감에 젖어도 되는 것일까. 이 또한 남이 어떤 눈으로 보고 있고 무슨 말을 하고 있는지 거의 무관심. 주어진 것에 아무런 의심도 위화감도 없이 오로지 황홀경에 빠져 있다.

나는 생각한다. 만일 우리 집 아이가 저런 식으로 밥을 먹는다면, 멍청한 얼굴 하지 마, 하고 혼쭐을 낼 것이다.

어느새 취기가 완전히 깨어버리고, 왠지 내게는 이 두 사람의 짓거리가 너무나 빤히 보인다. 자신과 세계의 일체감에 도취

되어 있는 N도, 자신과 세계의 어긋남에 불평을 늘어놓느라 여념이 없는 K도, 어느 쪽도 마음에 걸려 견딜 수가 없다. 두 사람다 이 얼마나 자기 본위의 인간이란 말인가. 불손하게도 문득 내게는 이 두 사람이 영원히 구원받지 못할 것같이 비친다. 남을 배려하지 못하는 불행의 국면이란 것일지도 도른다.

과일을 들고 부인이 들어왔을 때, 언제까지고 공기와 젓가락을 쥐고 있던 나는 당황했다. K도 N도 진작에 다 먹어 치웠는데 나만 아직 애를 쓰고 있는 것이 아닌가. 먹는 모습이 어지간히 고통스러워 보였던지, 남기셔도 돼요, 하는 부인의 말에 한층 더 겸연쩍어졌다. 무슨 일이 있어도 나는 이것을 말끔히 먹어버리지 않으면 안 된다. 그래서, 아뇨 맛있는걸요, 하고 중얼거리면서 필사적으로 남아 있는 것을 비워냈다.

술의 주변

J여사는 한국의 잡지 편집자로서, 엄청난 미인인데다가 40대로서는 드물게 일본어를 매우 잘한다. 그녀는 일본에 오면, 기회가 있을 때마다 한국 문학 이야기를 들고 나온다. 그날도 어떤 바에서 몇몇 일본의 평론가와 소설가들에게 한국 문학의 훌륭함을 호소했다.

"일본 젊은 작가들의 관념 냄새 풍기는 작품에 비하면 한국 문학에는 아직 리얼리티가 살아 있어요." 평론가인 N씨와 소설가인 M씨, "그래서 한국 문학의 인상은 갑갑하지." "아직 테마주의가 주류고, 여전히 문학에 의미를 찾고 있는 느낌인데" 하고, 부정적인 대답이다.

"의미를 추구하지 않는 문학이란 게 있을까요?" "의미를 믿고 있는 겁니까?" "믿건 안 믿건, 의미가 표현을 강하게 요구하는 것 아닌가요?" "강한 표현이라." "피곤하군." "자신의 몸으로 쓰지 않고 그런 공이론으로 억지를 부리고 있으니 최근의 일본 문학에는 감동이 없는 거라구요." "하하, 감동의 문학이라." "감동은 문학의 원점이잖아요." "J님의 아름다움에는 감동해도 좋지만 문학에까지 마음을 뺏기고 싶지는 않은데." "그러니까 문학이 아직 자기도취 단계에 있다는 증거로서, 표현이 대자화對自化되어 있지 않다고 생각해." "맞아, 시니피앙과 시니피에가 아직 미분화 상태의 전근대적인……." "아무래도 좋지만 한국 문학을 일본에 소개하고 싶은 거예요, 나는." "디컨스트럭션deconstruction(해체주의)을 나타내는 작품은 있나요?" "듀컨션?" "한국에서는 디퍼런스difference는 아직 악惡이지요?" "디퍼런……." "포스트모던post modern까지는 시간이 걸리지 않겠습니까?" "글쎄요……."

　점차 이야기는 난해해지고 J여사의 어휘력으로는 도저히 이해할 수 없는 용어들이 오간다. 평론가와 소설가들은 언더록 위스키를 찔끔찔끔 핥으면서 그녀를 아랑곳하지 않고 지적인 우월

감에 도취되어 있다. 점점 J여사의 얼굴이 작아져 간다.

누군가가 말한다. "실체가 문제인 동안에는 문학에서 지知의 게임은 바랄 수 없을 거야." 입을 꼭 다문 채 꼼지락거리고 있던 그녀는 목소리 쪽으로는 눈길도 주지 않고, 갑자기 테이블의 얼음 그릇에서 맨손으로 얼음을 움켜쥐더니 빈 잔에 던져 넣었다. 그리고 위스키를 가득 붓고는 꿀꺽꿀꺽 단숨에 마셔버린다. 모두의 눈이 일제히 그녀에게 집중된다. 맞은편 N씨는 자신이 알 바 아니라는 몸짓으로 미소 지으면서 아까부터 하던 자신의 이야기를 계속했다. "결국, 리얼리티 따위는 환영幻影이라구." 그녀는 낙담한 목소리로 "이 술도 환영인가 몰라" 하며 또 위스키를 잔에 따르고는 손가락으로 아무렇게나 휘젓는다. 그리고 환영론을 늘어놓고 있는 N씨의 가슴팍으로 느닷없이 잔을 내밀었다.

"게임인지 환영인지 모르겠지만, 자, 이거 마실 수 있어?" "아니, 이건." "이건 에이즈 환자의 균이 들어 있는 술이라구, 자 어떻게 할 거야?" "자, 잠깐만 기다려줘요." "이런 것도 못 마시면서 뭐가 모조리 환영이라는 거야." 말이 끝나기가 무섭게 그녀는 스스로 위스키를 쭉 들이켰다. 어쩐 일인지 잔에 피가 묻어 있다. 그녀는 개의치 않고 거기에 곧바로 위스키를 다시 채운다. 또 손가락으로 세게 젓는다. "박식한 N씨, 난 당신이 좋아. 자, 마셔." 잔을 들어 올렸나 싶더니 전광석화처럼 N씨를 다그쳤다. "아니, 마시겠습니다." "쭉 들이킬 수 있어? 자, 내 피의 칵테일." "좋고말고요. 나, 나는……." "너한테 '나' 따위가 있을 리 없잖아? 이 칵테일 맛도 제대로 분간하지 못하는 주제에." "그런 소리 해봤자, 이건 단순한 술일 뿐이라구요." "단순한 술? 두고 보자구. 네가 내일 죽어도 난 몰라."

N씨는 엉겁결에 일어난 일이라 순간, 판단력을 잃고 뭐가 뭔지 채 모르는 사이에 잔을 받자마자 단숨에 위스키를 목에 부어 넣는다. J여사와 N씨의 거리감이 무너지고, 눈 깜빡할 사이에 J여사는 흙발로 N씨의 내부 깊숙이까지 뛰어들었다. 초점을 잃은 N씨는 당황해서 할 말을 찾지 못한다. 무슨 일이 일어난 것일까? 그 자리에 조성되어 있던 공기의 막이 찢어지고 어느샌가 공간의 역학이 완전히 뒤바뀌어버렸다.

"한국 문학이 환영이라구? 다시 한 번 말해봐." "아니, 그, 그게……, 그게 아니라……." J여사는 재빠르게 다시 잔에 위스키를 찰랑찰랑 따른다. "이봐 N, 내 칵테일도 환영인가? 너야말로 환영에 매도당한 게 아니야? 자, 다시 한 잔 어때?" "좋지요, 얼마든지. 미인의 칵테일이라면." N씨는 입가에 위스키를 흘리면서 필사적으로 목에 들이붓는다. 모두들 어안이 벙벙해져 있는 사이에, 어느 틈엔가 그녀의 행동에 완전히 휘말려들고 있었다.

"다음은 네 차례야, M. 자, 마시라구." "네, 마시겠습니다."

이렇게 해서 대부분의 사람들이 마법에라도 걸린 것처럼 그녀의 잔을 벌컥벌컥 마셔댔다. 몇 병인가가 비워지고 모두는 완전히 위스키 색으로 물들어 갔다. "이젠 놔주시지요, J여사님." 누군가가 가까스로 입을 뗀다. "아직 멀었어." J여사는 위협적인 말을 남기고 화장실로 자리를 떴다. 잠시 후 자리로 돌아오니 어찌된 셈인지 아무도 없다. J여사는 "하하하" 하고 호탕하게 웃고는 텅 빈 좌석을 향해 고함을 쳤다.

"모두 도망쳤군. 이런 변변찮은 것들!"

유유히 가게를 나와 택시를 잡으려고 길모퉁이를 돌자, 누군가가 저편 빌딩 벽가에서 웩웩 토하고 있다. N씨라는 것을 금방 알 수 있었다. "꼴좋다." 빙긋 웃음을 띠우며 택시에 탄 그녀는 호텔에 도착할 때까지 "듀컨션, 디퍼런……" 하고 줄곧 중얼거리고 있었다.

불행의 기쁨

쇠렌 키르케고르는 연극의 관중을 논하면서, 감동한다는 것은 자신의 혼을 빼앗기는 일을 의미한다고 말하고 있다. 감동이란 확실히 뭔가에 마음이나 기분이 격하게 동요되는 것을 가리키는 말이다. 그것이 좋은 일인지 좋지 않은 일인지는 입장에 따라 달라지리라. 그러나 나는 적어도 예술 작품을 만드는 몸이면서도 그다지 감동을 좋아하지 않는다는 것을 최근 들어 새삼스럽게 깨달은 것 같다.

카라얀이 일본에 왔을 때, 그가 지휘하는 베를린 필하모니의 베토벤을 들으러 갔다. 지금까지 일본이나 유럽에서 그의 지휘를 본 것은 십수 회에 이른다. 그는 같은 곡을 지휘하더라도 그때마다 조금씩 다른 해석을 하고 있어서, 정말로 어떤 것이 제일 좋았는지 나는 아직도 잘 모르겠다. 아마 카라얀 자신도 잘 모를 것이라 생각된다. 아무튼 카라얀의 지휘는, 푸르트벵글러나 월터 담로슈 등과 비교하면 정신적인 것과도 로맨틱한 것과도 다르며, 오히려 현대적인 지성과 상큼한 감성이 뒷받침된 냉정하고도 깨인 것이라 말할 수 있다.

하나의 곡을 몇 십 년이나 만지작거리면서 한 번도 도취되지 않고 끝없는 자기 부정을 통해 항상 새로운 세계를 찾아내기 위해 분투하고 있는 것처럼 보인다. 내가 그를 쫓아다니는 것도, 예를 들면 이번에는 또 어떤 베토벤을 만들어내고 어떻게 탈구축할 것인가에 강한 호기심과 흥미를 가지기 때문이다. 이번에도 눈이 번쩍 뜨이는 듯한 연주를 들려주었는데 두드러진 특징이라면, 6번도 5번도 그것들을 가능한 한 테마성에서 해체하고 곡 자체의 내적 구조로 재파악하여 각 악기의 성격을 최대한으로 살리는 데 있었다고 생각되었다.

그런데 연주 도중 나는 문득 마음에 걸려 슬며시 주위를 둘러보았다. 초만원인 객석은 물을 뿌린 듯 조용하다. 연주에 감동한 나머지 거기에는 아무도 없는 듯한 느낌이다. 모두가 혼을 빼앗겨 산송장 같은 빈 껍데기만이 공간을 메우고 있다. 어쩐지 갑자기 큰 소리로 웃고 싶어지는 것을 참고 있으려니, 내 낌새를 눈치 챈 동행의 여성으로부터, 당신은 불행한 사람이군요, 하는 질책을 받았다.

남들은 모두 넋을 잃고 감동에 젖어 있는데 함께 도취되지 못하고 혼자만 깨어 있다는 것은 확실히 일종의 불행인지도 모른다. 음악을 들으면서 관중을 보고 있는 자신을 즐기는 것은 역시 이중의 기쁨이기보다는 하나의 슬픈 모습이다.

여름날에

푹푹 찌더니 매미 소리도 나뭇잎의 움직임도 멎었다. 열린 창가 하얀 침대 위에서, 가만히, 기다린다. 눈을 감고 호흡을 가다듬는다. 드디어 바람 한 점 없는 우주의 찰나가 들이마신 숨결과 딱 겹친다. 무언가가 땀과 함께, 일제히 뿜어 나온다. 몸이, 침대가, 방째로 끝없이 녹아 나가, 이윽고 모든 것이 먼 바다가 되었다.

빌딩 공사장

나는 빌딩 공사장을 좋아한다. 대지 위에 커다란 쇠기둥을 세우고 그것들을 얽어매며 철 골조를 만들어 간다. 이곳저곳에서 쾅, 쾌—앙, 쾅 하고 볼트를 박아 넣는 인부들의 망치 소리가 들리고 때로는 휘익 휙, 하고 세찬 바람이 지나간다. 쇠를 자르거니 잇거니 하는 산소의 파란 불꽃과 타는 냄새가 한층 그 광경을 선명하게 한다. 나는 새빨갛게 녹슨 철 골조를 따라 아슬아슬한 발걸음으로 오르락내리락, 문득 멈춰 서서 심호흡도 한다. 인부들한테 혼이 나도 어린아이처럼 이유도 없이 기쁘다. 내가 논다기보다 공간 자체가 나긋나긋한 장난을 치고 있는 것이다. 빈터인 채였을 때는 보이지 않았던 공간. 그것이 장중한 철 골조에 의해 주변에 기이한 긴장감을 자아내면서 나타나는 형체 없는 것. 그리고 철골 위를 뛰어다니는 내가 공간의 지복祉福한 사자使者임을 안다.

하지만 이런 행복감은 오래는 지속되지 않는다. 일로 두어 달 외국 등지를 돌아다니다 오면 이미 그곳에 공간은 없다. 녹슨 철골은 물론, 그 파란 불길도 산소 버너의 냄새도 없다. 있는 것은 바람도 피해 지나가는 두터운 벽, 아니, 불투명하고 거대한 물체의 존재가 공간을 대신하고 있다.

이 괴물 앞에서 나는 본능적으로 자신의 껍질을 닫아야만 한다. 그리하여 나는 또 다른 빌딩 공사장을 찾아 헤매야만 한다.

퍼포먼스

모두들 숨을 죽이고, 커다란 유리 위에 선 내가 퍼포먼스를 시작하는 것을 기다리고 있었다.

발치를 떠받치고 있는 세계를 산산조각으로 깨 보이려고 바야흐로 무거운 돌을 머리 위로 높이 들어 올린다. 그리고 힘껏 떨어뜨리는 순간, 바닥에 비친 자신의 얼굴을 보자 양손은 아슬아슬하게 낙하를 막았다.

하지만 다음에 어떻게 해야 좋을지 생각이 나지 않는다. 허리를 굽힌 채 부들부들 떨면서 안고 있는 것을 끌사적으로 떠받치고 있자니, 모르는 사이에 나는 아찔아찔 오줌을 싸고 있었다.

모두의 박수 소리를 들으면서, 나는 유리 위에서 재처럼 사
그라져 갔다.

무無의 바다

낮잠에서 깨어 바깥으로 눈길을 준다.

바람이 멎었나 싶더니 비도 그치고 이윽고 태양이 마당에 가득. 거뭇거뭇한 흙이 무럭무럭 냄새를 피우고 있는 가운데, 돌과 철판으로 어우러진 조각이 선명하다. 초여름의 강한 햇살 탓일까. 둥그렇게 물 고인 데가 금세금세 작아져 간다. 눈을 감으면 뭔가가 사라져 가는 기척이 있다. 재빠른 풍화의 소리다. 철판이 버석버석 삭아내리고, 돌 또한 서걱서걱 증발을 서두른다. 눈 깜짝할 사이에 돌도 철판도 그리고 마당도 모두 사라져 버렸다.

언제쯤인지 눈을 떴을 때에는, 나는 무의 바다 속에 있다.

II. 여행과 사건

도쿄에서

요란하게 울리는 전화 소리에 잠이 깼지만 수화기를 들 기분이 나지 않아 내버려두었더니 언제까지나 울리고 있다. 이른 아침부터 꽤나 끈질긴 걸 보니 늦게 자고 늦게 일어나는 내 생활을 모르는 사람인 듯하다. 잡지사와는 연락이 끝났고 학교는 쉬는 날이니, 그렇다면 누군가 친척이나 친지의 신변에 무슨 일이라도 일어난 것일까? 아니, 잘못 걸려 온 전화겠지. 하지만 역시 혹시나 하고 갑자기 불안해져서 머뭇머뭇 수화기에 손을 대는 순간, 벨 소리는 그쳤다. 또 울릴까 싶어 전화기를 가만히 노려보고 있었으나 그뿐이다. 이상한 예감을 품어버린 듯싶다.

편집자와 신주쿠의 다방에서 만나기로 한 것이 오후 세 시라, 나는 가볍게 점심을 들고 집을 나섰다. 신주쿠까지는 전철로 한 시간 반이나 걸린다. 한낮이 지난 전철 안은 텅 하니 비어 있어 기분이 좋은 법이다. 나도 모르게 꾸벅꾸벅 졸았던 듯 뭔가 담배 냄새에 눈을 떠 보니, 맞은편 자리에서 한 노인이 지그시 눈을 감은 채 담배를 물고 있다. 줄곧 입에 문 채로 연기를 빨아들이고 있었던지 이미 재가 입술 가까이까지 타들어가 있지 않은가. 마치 축 늘어진 재를 물고 있는 것 같아 제법이다. 나쁘지 않군, 하고 생각하고 있는데 차장이 다가와서, 손님 차내는 금연입니다, 하고 말을 걸었다. 그 순간 긴 재가 톡 떨어졌지만 노인은 꼼짝도 하지 않는다. 차장이 더 크게 화난 목소리로, 손님, 하고 부르자 겨우 노인은 가늘게 눈을 떴다. 그리고 손을 가져가 담배를 입에서 떼면서, 알고 있지만 그래도 나는 피고 싶은 게야, 하고 조용히 중얼거리고는 다시 꽁초를 물고 도로 눈을 감아 버렸다. 차장은 말문이 막혔고 나는 무심결에 웃었다.

저렇게 살고 싶구나―.

노인은 다음 역에서 내렸고, 공석이 되어버린 그 자리를 물끄러미 바라보고 있던 나는 문득 신경이 쓰여 가방에서 원고를 꺼내 훑어보기 시작했다. '인류가 구원받을 이유를 찾을 수 없는 것과 마찬가지로 망할 이유도 없다. 반핵과 핵 보유는 종이 한 장 차이의 문제다. 그러나 핵 보유에 눈감아 줄 수 없는 것은 휴머니즘 때문이 아니라 실로 지구 그 자체, 생태계 전체에 관련된 것이기 때문이다—.' 나는 이 무슨 잘난 척 써댄 것일까. 지구인지 생태계인지가 어떻게 되는 게 좋은지 누가 안다고? 눈 가리고 아웅하는 따분한 이야기인 데다가, 어딘가 위선의 냄새가 풍긴다. 반핵을 하고 싶은 사람은 하고, 핵 보유를 하고 싶은 사람은 하면 될 것이 아닌가? 한밤중에 일어나 글을 쓰면 어쩐지 펜 끝이 진지한 척하려 들어 탈이다. 아무튼 이것이 며칠이나 걸려 끄적거린 결론임에는 틀림없다. 철야까지 해가며 쓴 것이니 이걸로 된 셈치고 더 이상 생각하는 건 관두자. 그렇게 결정하고는 서둘러 원고를 가방에 집어넣었다.

신주쿠역의 서쪽 출구를 나와 시계를 보니 약속 시간까지 27분이나 남았다. 어떻게 할까 하고 멈춰 서서 한 순간 망설였으나, 눈을 드니 저 멀리 고층 빌딩이 보였다. 그리고 빌딩 꼭대기에서 조그맣게, 깃발인 듯 새인 듯 거무스레한 뭔가가 보였다 숨었다 하면서 아련히 흔들리고 있었다. 약속한 다방과는 정반대 방향임을 알면서도 어쩐지 발길은 고층 빌딩 쪽을 향했다. 휘적

휘적 걷는 동안 어느덧 그 빌딩에 도착하여 아무도 없는 엘리베이터를 타자 빨려 오르듯 순식간에 옥상으로 나와버렸다. 널찍한 옥상을 둘러보니, 한 중년 남자가 동남쪽 모퉁이의 난간에 까만 머플러를 감고 그 앞에 삼각대를 세워 하늘을 향해 커다란 카메라를 설치해 두고는, 하늘을 쳐다보다 파인더를 들여다보다 하고 있다. 밤의 별하늘도 아니건만 구름 한 점 없는 대낮의 하늘에서 무엇을 찍으려는 걸까? 멀리 눈 아래로 텔레비전에서 보는 도시의 평면도 같은 것이 흐릿하게 펼쳐져 있다. 그러고 보니 이 빌딩은 커다란 영상 위에 세워져 있는 것 같아 발아래의 감각이 묘하게 희박하다.

휘청휘청 그 사람에게 다가가 무엇을 찍느냐고 물었다. 사내는 시계를 보고, 그리고 카메라가 향하고 있는 하늘을 쳐다보며 툭 말을 던졌다. 곧 알게 됩니다. 무슨 일이 일어나는 겁니까? 하고 되물었지만 아무런 대답이 없다. 혹 UFO인가요? 사내는 씩 웃었으나 곧 무표정으로 되돌아갔다. UFO는 정말 있을까요? 없으면 안 됩니까? 아뇨, 하지만 없으면 사진 같은 거 찍을 수 없잖습니까? 찍을 수 없으면 안 됩니까? 꼭 그런 건 아니지만 찍을 수 없으면 재미가 없지 않습니까? 어째서 재미가 없나요,

저쪽으로 좀 가주세요, 정신이 산만해져서 견딜 수가 없군요. 죄송합니다.

나는 잠자코 그가 보고 있는 하늘을 쳐다보았다. 스모그 탓인가 희뿌옇게 흐린 공백 외에는 아무것도 보이지 않는다. 시계를 들여다보니 이미 다섯 시를 지나고 있다. 빌딩 옥상에서 두 중년 사내가 아무것도 없는 하늘을 하염없이 쳐다보고 있다는 건 결코 보기 좋은 모양새는 아니다. 그런데 나는 점점 머릿속이 묘하게 텅 비어 가는 느낌이 들어, 이대로 가면 이제 곧 나타날 것 같군요, 라고 누구에게랄 것도 없이 중얼거렸다. 사내는 씨익 웃음을 띠고는 내게 담배를 내밀었다. 이제 곧 해가 지평선 밑으로 떨어지려 하는데도 이따금씩 형태를 알아볼 수 있는 비행기가 눈에 들어오는 것 말고는 아무것도 보이지 않는다. 그래도 하늘에서 눈을 떼지 못하고 있는데 갑자기 엘리베이터 쪽에서, 거기서 뭣들 하고 있는 겁니까, 무단으로 옥상을 얼쩡거리면 곤란합니다. 빨리 내려가주세요, 하는 빌딩 수위인 듯한 사람의 고함소리가 들렸다.

카메라 사내는 아쉽지만 어쩔 수 없다는 몸짓으로 묵묵히 머플러를 풀어 목에 감고 카메라를 접었다. 엘리베이터를 내려오며 나는 그에게, 어디 가서 한 잔 안 하시겠습니까, 하고 청했다. 그러자, 저는 혼자 가겠으니까, 한다. 역시 그렇게 나온 것이다.

자, 이제 어떻게 한담, 하고 역에서 또다시 멈춰서 있자니 원고 생각이 났다. 편집자에게는 미안하게 되었지만, 내게 있어 오늘은 정말 좋은 날이었던 것 같은 기분이다. 가방에서 원고를 꺼내 근처의 쓰레기통에 내던져버리고는 아까 내려온 빌딩 쪽으로 눈을 돌렸다. 이미 주위는 네온의 정원이 되어 그 너머로 보이는 것 따위는 아무것도 없었다.

기억

아무리 기억해내려 해도 떠올려지지 않는 일이 있다. 목구멍 위까지, 거의 머리 꼭대기까지 그것이 치밀어 올라 빙빙 돌고 있는 느낌인데도 마지막 한 발짝 때문에 튀어나오지 않는다. 고개를 숙였다가 들었다가, 가만 있자, 가—만, 그게 뭐였더라? 기억해내기는커녕 그러는 동안 도대체 무엇을 생각해내려 했는지조차도 알 수 없게 되어버린다. 그렇게 되면, 이제는 떠올리려 하는 건 관두자, 관두자, 하고 애쓰지 않으면 안 된다. 그때는 이미 늦은 것이다. 드디어 머리가 깨질 듯이 아파 온다. 그리고 정신이 돌아버릴 것 같아 견딜 수가 없다. 손에 잡히는 대로 책을 펼쳐 보거나 집안사람들을 이유도 없이 들들 볶거나 나자빠져 있는 개의 꼬리를 밟아 깨물리거나…….

　그러나 이와는 반대로, 뜻밖의 일을 엉뚱한 데서 멋대로 떠올릴 때가 있다. 혼잡한 길을 걷다가 갑자기 피식피식 웃음이 나와버려 주위 사람들이 의아하게 쳐다보기도 한다. 어린시절, 문득 목격한 광경이 떠오른다. 그 엄격하고 정숙한 어머니가 뒷간에서 볼일을 보면서 열심히 손가락으로 콧구멍을 후비고 있는 모습이다. 항상 내게 하지 말라고 야단치던 짓을 기분 좋게 하고 있는 것이 아닌가. 이런 일을 떠올릴 때는 참으로 머리가 상쾌하다. 그것은 확실한 사건이며 선명한 인상으로 뒷받침되고 있기 때문이다. 하지만 전혀 믿기 어려운 기억이 어정쩡하게 되살아나 어찌할 바를 모르게 되는 경우도 결코 드물지는 않다.

　봄도 끝나갈 무렵이다. 강연 때문에 나라奈良에 가서 처음으로 절들을 돌아보았다. 택시로 허겁지겁 호류지法隆寺에 도착했을 때는 거의 폐문 시각에 가까웠다. 이미 관광객들도 별로 눈에 띄지 않아 한층 초조해진다. 지금껏 이상으로 서둘러 볼 수밖에 없다. 별 생각 없이 금당 안을 들여다본다. 어떤 불상에게 눈길이 갔을 때, 너무나도 자신과 꼭 닮아 섬뜩해진다. 저렇게 오래된 불상이 어째서 나와 닮았는지 기분이 나쁘다.

시간 때문에 쫓겨나기 전에 일단 한 바퀴는 둘러보고 가고 싶어서 터무니없이 넓어 보이는 경내를 부지런히 걷기 시작한다. 사각거리는 하얀 자갈이 깔려 있거나 축축한 다갈색 흙길이 이어지거나 한다. 오층 탑 돌계단을 내려와 다시 금당 앞을 지나 뒤꼍으로 돈다. 서늘한 공기의 흐름에 문득 주변을 둘러봤을 때다.

이 얼마나 정겨운가. 다소곳이 휘어 올라간 기왓장, 조용히 어디까지나 뻗어 있는 하얀 흙담, 이 향 내음 같기도 하고 곰팡내 같기도 한 냄새……. 가만 있자, 나는 여기에 온 적이 있어. 아주 먼 옛날, 벌써 칠팔백 년이나 천 년 전이다. 확실히 그건 봄날이었어. 저 강원講院 뒤에 커다란 석반石盤이 있을 터인데, 거기서, 거기서 정녕 뭔가를 보았는데, 뭐였더라? 그것은 어여쁜 여인이었던 것 같기도 하고, 무서운 짐승이 앉아 있었던 것 같기도 하고……. 하지만, 아무리 해도 또렷하게 눈에 떠오르지 않는다. 가람伽藍의 뒷문을 나와 잠시 걷자 어김없이 커다란 돌이 있었다. 거기에는 사람의 그림자도 짐승의 모습도 없고, 등꽃이 한 송이 화사하게 놓여 있다. 뭔가가 들려오는 것 같아 가만히 귀를 기울인다. 안쪽 저편으로 이어진 소나무숲 오솔길이 휑하니 어둡다.

누군가가 나를 부르고 있는 것 같은 느낌이 들었다. 아차, 하고 정신을 차린다. 나는 석반에 앉아 등꽃을 머리 위에 올려놓고 필사적으로 뭔가를 떠올리려 하고 있었다. 텅 빈 먼 공간에서 여인의 모습이 보이기 시작한다. 무심결에 나는 쓱 일어섰으나 다가온 것은 여인이 아니라 스님이었다.

거기 앉아 계시니 부처님 같으신데요, 하고 웃는다. 깜짝 놀라 스님의 얼굴을 노려보면서 떠올려보려고 안간힘을 썼다. 아니야, 이런 얼굴이 아니라, 저어 그건, 그건……. 스님은, 이제 늦었으니 이만, 하고 억지웃음을 지으며 손으로 문 쪽을 가리켰다.

기억의 바다는 멀고도 깊었다.

식도락

여행에 나서면 자칫 과식을 하게 되어 몸을 버린다. 소화 불량을 일으켜 고통을 겪기도 하고 심한 변비가 되거나 반대로 격렬한 설사에 시달리는 일이 종종 있다. 그래도 어딘가에 맛있는 레스토랑이 있는 듯싶으면 아무래도 가보지 않고는 못 견딘다. 마약 중독자와 비슷하다. 내 식도락은 건강을 파괴하기 위한 병적인 욕망 같다. 일상적인 음식이 건강을 만드는 것이라고 한다면, 일부러 찾는 요리는 병을 만들기 위한 것이다. 그런데 나는 어릴 적부터 건강과 병 사이를 맴돌고 있는 셈인데, 대체로 병약할 때 쪽이 더 세계를 느끼기 쉽고 자신을 어여삐 여긴다. 비상시를 재촉하는 요리에 있어서 건강은 타자이며 적이라 해도 좋다. 먹는 일을 건강에서 병 쪽으로 옮길 때, 거기에 자기 파괴를 꿈꾸는 과한 나르시즘이 작용한다.

내가 죽을 때는 아마도 식도락 추구가 원인이 되어 불귀의 객이 될 확률이 높다. 조금 더, 조금 더, 하고 맞은편에 앉아 있는 여자에게 폼을 재며 혀가 짜릿짜릿한 복어를 술과 함께 입에 머금는다. 그러면 내 옆에서 죽음이 웃고 있는 듯한 느낌이 들어 오싹해지기 십상이지만, 그래도 조금만 더 하고 독과 겨루기를 그만둘 줄 모른다. 그야말로 맛있는 것은 쾌락을 넘어 화근이라 할 법하다. 그것을 굳이 불러들이는 것이니, 먹는 행위도 이쯤 되면 자학을 즐길 정도로까지 매저키스틱해진다.

언젠가 서울에서 정의감에 사로잡힌 한국의 미인 저널리스트와 동행이 되어, 학생 데모 취재가 있다는 그녀를 어른의 혁명을 가르쳐주겠다며 억지로 호텔의 고급 레스토랑으로 데려갔다. 도중에 세상 고치기에 나선 학생들의 격렬한 데모에 부딪혔고, 그것을 제어하려는 경찰의 최루탄 소나기를 맞아, 호텔에 도착했을 때는 두 사람 다 눈물을 줄줄 흘리고 있었다. 그녀는 손수건으로 눈 밑을 계속 누르면서 내 얼굴을 가만히 쳐다본다. 그리고 정말로 슬픈 표정으로 눈물을 흘리고 있어, 나는 그것이 매우 기뻐져서 한결 눈물이 멈추지 않는다. 그리고 술을 주문하려고 메뉴를 펼치니, 너무나도 빈약한 술 종류에 실망의 한숨이 나온다. 한국에는 맛있는 술이 없어서 시시하지만 데모와 최루탄 가스라도 아페리티프(식사 전 식욕을 돋우기 위한 술)로 삼아 빈곤한 식사를 즐길 수밖에 없겠군요, 라고 내던지듯 말을 뱉는다. 그러자 느닷없이 그녀에게 따귀를 얻어맞고……. 결국 혼자서 생애 최악의 쓸쓸한 한국 요리를 먹는 신세가 되었다. 이것은 그러나, 평생 잊을 수 없는 최고의 식사 추억의 하나로 손꼽아도 좋다.

내게 있어서 음식이 요리가 되는 것은 그때의 기분에도 좌우된다. 하지만 요리는 허기를 달래는 '밥' 의 영역을 벗어난다. 공복 시에는 먹거리이기만 하면 만족감이 얻어진다. 하지만 만복 시에는 먹을수록 더 큰 공복감을 가져다주는 것을 원하게 되는 것이다.

통상, 생물은 양분을 취하지 않으면 죽게 되는 것이고, 인간도 생리적으로 허기가 지면 무엇이든 먹고 맛있게 느낀다. 또한 어머니의 맛이라느니 시골의 맛을 그리워하는 것 같은 과거 지향의 체험적 식사에 젖어 들고 싶은 경우도 있다. 그리고 또 하나는, 평소와는 다른 장소로서 레스토랑에 간다든지 하여, 분위기며 요리의 모양이며 맛이며 상대방이며 대화 등이 사치의 극을 달려서 관능적인 몸짓이나 지적 호기심을 불러일으키는 일기일회日期一會의 그것을 원한다.

전자 둘은 일상생활 차원에 속한 것이지만, 생리적 반응에 응답하는 건강을 위한 것이기도 하다. 이에 반해 후자는 아마도 충족된 사회의 오만함으로서, 어딘가 멸망을 기원하는 물신적物神的인 의식儀式의 냄새를 풍긴다. 전자가 건강을 기치로 내거는 '밥'이라고 한다면, 후자는 무너져 가는 병적 취향의 의식적意識的인 요리다. 내 관심이 후자에게 집중되는 것은, 원래 병약한 탓으로 죽음에 대한 굴절된 동경의 표출인지도 모른다. 그러고 보니 대만의 어느 화가의 집에 초대받았을 때 체험한 기이한 의식이 생각난다. 상갓집에서, 유해를 앞에 두고 밤새도록 노래나 춤에 둘러싸여 맛있는 요리를 먹고 마시고 (그릇에) 토하고, 또 먹고 마시고 토하고, 그런 짓을 마치 꿈결처럼 모두와 함께 되풀이했다. 어떤 의미가 있는지는 모르겠으나, 먹는 행위와 죽음을 결부시킨 장려한 유희감遊戲感을 맛볼 수 있었던 바이다.

요리, 그것이 차원 높은 관념의 유희로서 성립하기 위해서는, 배가 부르더라도 더 맛있게 먹고 싶어지는 것이 되지 않으면 안 된다. 이를 위해서는 우선 충분히 눈을 즐겁게 해주는 미적인 형태, 관능적인 오브제로 완성되어 있어야 함이 중요하리라. 오늘날의 요리는 외견적으로 조형 예술의 센스에 한없이 다가서 있다. 오히려 맛은 오브제의 멋을 뒷받침하고 즐김이 눈에서 혀로 옮겨 갔음을 가리킨다. 그리고 요리는 최종적으로 '먹는다'고 하는 유희에 의해 완성된다.

쾌락은 본질적으로 나르시스트의 것이다. 마주 앉아 있는 여자에 대한 것도, 대화도, 선택된 술도, 차례차례 날라져 오는 요리도, 모두 자신의 기쁨의 표현으로 즐기고 싶다. 여자를 꼬셔서 식사를 하는 것 자체가 크나큰 자기 회귀로의 시뮬레이션 회로 이외의 그 무엇이겠는가.

그건 그렇고 나는 요리를 좋아한 나머지 호모가 될 뻔한 경험을 잊을 수가 없다. 리용 근교의 작은 레스토랑인데, 푸아그라와 트뤼프의 양배추말이찜이 너무 맛있어서 며칠간이나 계속 다녔다. 젊은 셰프는 귀여운 여자아이처럼 오통통하다. 그가 따라주는 향긋한 와인을 받으며, 그렇게 푸아그라만 먹으면 몸에 좋지 않다는 주의를 받고는 더욱더 기쁘다. 혼자 나선 여행길이어서인지 오두마니 레스토랑 한쪽 구석에 앉아, 때때로 손님에게 인사하러 나오는 그의 얼굴을 보고 목소리를 듣고 그 요리를 먹고 있노라면, 일렁일렁 관능적인 기쁨이 온몸을 휘감는다. 위장약은 물론 변비약과 지사제까지 함께 복용하면서도 매일 레스토랑으로 향하는 내 발걸음은 가볍다. 어느새 완전히 그의 포로가 되어버린 것이다.

그러던 엿새째에, 레스토랑에서 점심 식사 도중 나는 격렬한 복통과 함께 심장 발작을 일으키며 쓰러져, 급기야는 근처의 병원으로 실려 갔다. 멍하니 침대에 누워 있으려니 셰프의 얼굴과 푸아그라가 이중으로 겹쳐 떠오른다. 이튿날 오후, 셰프가 따끈한 푸아그라 스프를 들고 문병을 와서 볼에 가볍게 키스를 해준다. 먼 옛날, 어딘가에서 늘 만나고 있었던 것 같은 깊은 그리움이 있다. 그는 말한다. 당신의 진짜 목적은 요리가 아니라 나 자신이었던 것 아닌가요?

나는 깜짝 놀라서 고개를 저었지만, 어쩌면 그랬을지도 모른다는 기분도 들었다.

왜 그런지는 모르겠으나 맛있는 음식은 모조리 여성적인 것이며, 맛있게 먹는 사람 또한 모두 여성적이다. 배고플 때 먹는 사람은 들짐승과 닮았지만, 만복 시의 미식가는 아름답게 여성적으로 비춰지니 신기하다. 여자를 유혹하고 있을 때의 남자는 낚싯바늘의 먹이처럼 자신이 뭔가 여자가 좋아할 만한 먹이가 되기를 바라고 있는 듯하지는 않은가. 나는 좋아하는 여자와 식사를 하고 있으면 언제나, 이 여자에게 먹히고 싶다는 기분이 된다. 맛있게 먹혀버리고 싶다는, 자기 부정을 가장한 욕망은 실로 음흉하지만, 그것이 남자의 변신 욕망의 표출임은 부정할 수 없다.

같이 식사하는 상대가 남자라도 한순간 귀여운 여자로 보이거나 할 때가 있는 법이다. 맛있는 식사를 할 때는 남자답지 않게 되는 것, 곧 세계를 맞아들이고 싶은 나머지 기생 같은 몸짓이 되는 것일까. 맛있는 것의 유혹은 생리적으로 사는 일이나 따분한 지적 게임을 초월해서 스스로의 삶을 끊임없는 자기 변신의 설렘의 국면으로 데려다준다. 맛있는 요리는 사람을 진정한 혁명가로 만든다.

여행과 구두

긴 여행길에서는 무엇이든 꾸깃꾸깃해지기 십상이다. 몸도 기분도 그리고 옷가지며 소지품 등, 어느 것이나 다 구질구질하여 무엇 하나 말끔하지가 않다. 녹초가 되어 호텔로 돌아오면, 몸도 옷도 구두도 모두 제멋대로 스스로를 내던지고 각자의 모습으로 푹 잠에 빠진다. 나와 더불어 여행하는 것들은 하루 동안의 수많은 일들을 품고서 깊은 발효의 어둠 속으로 가라앉아 가는 것이다.

아침에 눈을 뜨자, 침대 옆에 나뒹굴고 있는 구두에 문득 시선이 멎는다. 보기에도 너덜너덜하고 밑창은 금방이라도 구멍이 날 것 같다. 진작부터 새 구두로 바꿀 작정이었으면서 어제도 또 잊어버린 채 그대로 신고 다니고 말았다. 한 짝을 집어 들고 찬찬히 바라본다. 땀내 같은, 뭔가가 썩어 가는 듯한 고약한 냄새가 물씬 코를 찌른다. 이 냄새는 온 방 안을 떠돌아 모르는 사이에 내 몸 속에도 듬뿍 배어들었음이 틀림없다. 구두 모양은 뒤틀리고, 스쳐 벗겨진 가죽 여기저기에 얼룩 같은 진흙 같은 것이 도저히 닦아낼 수 없을 것처럼 찰싹 달라붙어 있다.

구두 안을 들여다본다. 어슴푸레하니 묵직하게 괴어 있는 것이 보인다. 내가 걸어온 아득한 시공간이 거기에 떠오른다. 뉘렌베르크의 거리에서는 지갑을 잃어버려, 공복감을 달래면서 공항까지 하루 종일 걷지 않으면 안 되었다. 리용 고외에서는 트루와그로의 식당을 겨우 찾아내, 뜻밖에 그리운 여류 화가와 동석하게 되어 몸도 마음도 녹아내릴 듯한 식사를 하겼다. 하지만 파리에서는 화랑 주인과의 이야기가 잘 풀리지 않아 매일 빗속을 우산도 없이 돌아다니다가 잔뜩 감기에 걸려 며칠 동안이나 드러눕고 말았다.

아무래도 구두는 닳아질수록 더욱더 무거워지는 것인 모양이다. 하지만 당분간은 이 구두를 그대로 신고 다니도록 하자. 가방이나 자켓 따위, 피곤에 지친 것들의 밑바닥에 한없는 안온함이 빛나 보인다. 구깃구깃, 꼬질꼬질한 것들 속에 하나 가득 미지의 세계를 배어들게 해서 긴 여행을 끝내고 싶다.

그런데 갑자기 일정이 변경, 다음 날 밤 비행기편으로 도쿄에 돌아가게 되고─. 공항을 걷고 있는 내 발에는 새 구두가 번쩍이고 몸에는 갓 산 새 옷이 화사하다. 어느 것도 어색하여 서로 삐걱대는 느낌으로, 그야말로 지금부터 여행길에 나서는 차림새라 해도 좋았다.

구두를 닦으면서

비 그친 긴자銀座 거리를 어슬렁거리고 있던 나는 문득 진흙 투성이 구두에 시선이 가서 오랜만에 구두닦이 앞에 앉았다. 이렇게 구두를 더럽게 신으면 안 돼요. 구두닦이 할머니는 즉시 진흙을 털어내면서 중얼거렸다. 그래서 닦으러 온 겁니다, 라고 대꾸하려 했으나 할머니의 손놀림이 너무나도 재빠른 데다가 정중하여 잠자코 지켜보기로 했다. 구둣솔로 약을 칠하거나 천으로 더러움을 닦아내거나 하는 손놀림 하나하나가 진정 경지에 달해 있다. 마치 구두의 아픈 곳을 상냥하게 어루만지거나 따뜻하게 위로하고 있는 듯하여 내 자신이 구두인 것처럼 불가사의한 편안함이 느껴진다.

나는 학생 시절, A신문사의 윤전기실로 B씨를 찾아간 일을 떠올렸다. 어둑어둑한 지하실에는 이상한 기름 냄새가 떠돌고 기계도 사람도 더러움의 밑바닥에서 뚜렷하게 검게 빛나고 있었다. B씨는 콧노래를 부르며 천으로 윤전기를 닦고 있었는데 그 손놀림이나 몸짓은 어쩐지 정사情事처럼 무아지경으로 기계를 애무하고 있는 것 같았다. 요염하게, 둔탁하게 빛나는 기계도 또한 마치 엑스터시로 가득 찬 신체처럼 에로틱하여 둘의 호흡은 딱 일치된 것처럼 보였다. 이렇게 기계와 인간이 깊이 교합하고 흥분해 있는 모습은 생각지도 못한 것이었다.

기계는 인간의 적이라거나 인간성을 위협하는 것이라고만 배워온 나는 이 예기치 못한 광경을 만나 이루 말하기 힘든 쇼크와 감명을 받았다. 기계도 기쁨을 알고 있는 완전한 생물체라는 것이나 노동이 반드시 괴로운 것만은 아니며 그 자체는 때로 무량한 열락을 낳는 고귀한 순간임을 알게 된 것이다.

그러나 현실은 그렇게 단순하지 않은 듯 시대가 진보하여 기계의 자동화니 로봇화가 이루어지자마자 B씨는 일을 빼앗겨 회사에서 해고되었다. 이제는 A신문사에 가도 내가 본 장면은 꿈속의 이야기가 되어서, 흥분한 듯한 윤전기도 콧노래 부르는

B씨도 없다. 눈앞의 할머니를 보고 있자니 왠지 그 윤전기와 B씨가 자꾸만 눈앞에 어른거려 헤아리기 힘든 것이 가슴에 콱 막힌다.

할머니는 되풀이 닦거니 문지르거니 하면서 구두에서 좀처럼 손을 떼려 하지 않는다. 진흙투성이로 구겨져 있던 구두가 말끔하게 닦여져 가죽 안쪽에서 둔한 빛을 내뿜으며 선명히 되살아나 있다. 꽤나 오래 신은 탓인지 먼지를 벗겨내고 보니 사방에 상처며 얼룩이 드러나, 걸어온 대단한 여정을 알겠다. 무엇과도 바꿀 수 없는 자신의 역사를 보고 있는 것 같아 한층 구두가 사랑스럽다.

당신은 좋은 구두를 신고 좋은 걸음걸이를 가지고 있구려. 나도 이제 나이가 들어서 슬슬 이 일을 그만두려고 생각하고 있는데, 오늘은 좋은 물건을 만나 닦은 보람이 있었구먼. 할머니는 만족스럽게 미소 지으면서 닦기를 끝내기가 아쉽다는 듯한 몸짓으로 내가 자리를 뜨려 해도 여전히 넋을 놓고 구두를 바라보는 것이었다.

아크로폴리스와 돌멩이

　언제였던가, 유럽에 가는 길에 아테네에 들렀다. 대리석 기둥 몇 개와 무수한 돌 조각들의 폐허인 아크로폴리스 언덕에 올라 아득한 태고를 회상하며 감개에 젖어 주변을 거닐었다. 그때 어딘가 플라톤을 연상시키는 현지 노인이 말을 붙여와, 헤어질 때 그리스 여행의 기념으로 하라며 친절하게도 신전의 파편인 듯한 작은 돌 조각을 몇 개 주워 주었다. 고맙게 받아 들고는 호텔로 돌아와 상자에 넣어서 소포로 일본에 보냈다.

　그 후 유럽 각지를 돌고 미국으로 건너가고 하여 석 달 만에 도쿄로 돌아와 보니, 그 돌 조각들은 이미 도착하여 아내가 책상 한쪽 구석에 가지런히 늘어놓아 두었다. 아크로폴리스 신전의 파편인, 전부 여섯 개의 돌 조각들을 감개무량하게 밤새도록 만지작거리다 바라보다 하였다. 돌 조각들을 책상 가득히 늘어놓아보거나, 이것은 신전 창가의 일부, 이것은 정문 계단의 한 조각, 이것은 무슨 여신상 엉덩이의 파편, 그렇다면 이것은 신전 마당에 굴러다니던 평범한 돌멩이였을까 하고 멋대로 상상의 날개를 펼치면서 말이다. 소년기에서 대학 시절까지 내게 있어서 그리스란 고대 세계의 전부였으며 신들의 고향이자 예술의 시초의 땅이었던 만큼 이들 돌 조각은 실로 상상력의 근원, 신성한 보물이라 해도 좋았다.

아내나 아이들, 그리고 집에 오는 친구들에게도 이것이 그 유명한 아크로폴리스의 파편이라고 몇 번씩이나 의기양양하게 설명했던가. 그러나 언뜻 어디에라도 널려 있을 법한 허옇게 빛바랜 돌 조각들은 그다지 재미있는 형색을 갖추고 있지도, 무슨 문자나 문양이 새겨져 있지도 않은 탓인지 가족들이나 친구들은 내가 그 이야기를 끄집어낼 때마다 "아아, 그래요?" 하고 시큰둥한 반응을 보이는 것이 고작이었다. 돌과 돌 사이에서 시인 사포나 철인 소크라테스의 즐거운 말소리가 오가고, 갖가지 비극과 희극의 드라마가 떠오르는 신기한 매체인 그 돌들의 진가를 알

아주지 않는 것이 안타까워 견딜 수가 없었다.

　그러다가 언젠가, 나는 감기가 덧쳐서 결국 병원에 입원하게 되어, 나흘째 되던 날에야 겨우 집으로 돌아왔다. 그러고나서 이틀쯤 지났을까, 책상 위에 늘어놓았던 예의 그 돌 조각들에게 무심코 눈길을 주었을 때, 개수가 일곱 개로 늘어났을 뿐 아니라 형색도 완전히 다른 것들임을 번쩍 알아차렸다. 어떻게 된 것이냐고 아내에게 물으니, "바랜 돌멩이면 아무거나 상관없지 않아요"라고 오히려 묘하게 별것 아니라는 투로 반문하는 것이었다. 어떻게 된 일인가 하고 다그치니, "당신이 입원해 있는 동안 어머니가 청소하러 오셨다가 아이들이 돌 놀이하려고 갖다 놓은 걸로 착각하시고 내다 버리셨나 봐요. 버린 걸 알면 당신이 화낼 것 같아서 집 앞 주차장에 깔려 있는 엇비슷한 것들 중에서 다시 몇 개 주워다 놓은 거……" 말이 채 끝나기도 전에 나는 울컥 피가 머리로 치솟아, "이런 멍청이 같은 게!" 하고 점점 더 격노하였다. 그러자 아내는 웃으며 "미안해요, 실은 이전의 돌멩이들도 내가 적당히 주워 놓은 것이었어요. 처음에 보내온 것은 당신이 외국에서 돌아오기 전에 아이들이 소포 상자를 풀어 보더니 실망했던 모양인지 모두 내다 버렸거든요" 하는 것이었다. 참으로 망연자실이란 이런 경우인가, 너무나 어이가 없어서 뭐라고 해야 할지 갑자기 내 자신을 알 수 없게 되어버렸다.

주차장에 깔려 있는 돌 조각을 주워 와서는 애지중지 늘어놓고, 오오 그리스여 아크로폴리스여, 하고 황홀하게 꿈과 환상을 보고 있었던가 생각하니 순식간에 기운이 빠지고 민망하기도 하여 모든 것이 시시하기 그지없었다. 일단 믿어버리면 이렇게까지 알아차리지 못하게 되다니, 그렇다면 지금껏 뭔가에 계속 속아 왔다는 말인가? 치밀어 오르는 까닭 모를 웃음을 억누르며 방으로 돌아와 책상 위의 돌 조각들을 지그시 바라보았으나 이미 모든 것은 끝나 있었다. 그리스는커녕 그 어떤 환상도 불러 일으켜주지 않는, 그것들은 마치 모조 대용품과도 같은 돌의 빈 껍데기나 마찬가지였다. 이것이 그리스의 것이 아니라는 걸 알아버린 이상, 이제 아무리 바라보아도 보이지 않는, 아무런 값어치도 없는 것으로밖에 비치지 않으니 당연히 버려버리자고 생각했다.

그런데, 막상 내다 버리려고 그 돌들을 가지그 어슬렁어슬렁 밖으로 나와 차 한 대 없는 휑한 돌 자갈 깔린 주차장을 우두커니 바라봤을 때였다. 놀랐다. 저 이데아적인 아크로폴리스 언덕과는 너무나 다른, 하나의 일상적이면서 탁 트인 투명한 공간이 거기에 펼쳐져 있었다. 늘 접하고 있으면서도 알아차리지 못했던, 발치의 생생한 광경과의 예기치 못한 만남이었다. 어떠한 신화 작용과도 인연이 없는, 그저 그곳에 있는 것만으로 선명히 빛나고 있는 조각돌들의 환하게 열린 장소의 엑스터시를 나는 본 것이다. 바닥 가득히 깔린 아무 별난 데도 없는 하얀 조각돌들은 반짝반짝 석양을 받아, 어떠한 환상도 불러일으키는 일 없이 그 있는 그대로 충족감 넘치는 실재로서, 모든 것은 스스로 살아 숨 쉬고 있었다…….

잠시 후 나는 내 두 손바닥 위에 있는 조각돌들을 사랑스럽게 다시 보며 조용히 방으로 돌아왔다. 버려야 하는 것은 돌이 아니라 오히려 제멋대로 다른 이미지를 덮어씌우려 한 내 자신의 태도였음을 깨닫고 크게 부끄러웠다. 물건을 바꾸어 속인 아내가 나쁜 것도 아니요, 하물며 그리스 환상을 갖는 것이 나빴다고도 생각하지 않는다. 꿈에 사로잡히고 믿음에 눈이 어두워지면 코앞의 현실을 바로 그것으로 발견하기 어려우며, 직접 접하거나 마음을 비우고 보기가 힘들어진다는 것을 새삼스럽게 알게 된 느낌이다.

주차장에서 주운 하찮은 조각돌들은 이렇게 하여 다시금 나에게 너무나 소중한 존재가 되어 책상 위에 놓이게 되었다. 또 언젠가는 아이들이나 아내가 어딘가의 다른 조각돌들과 바꿔 놓을 것이 분명하다.

갠지스 강

마야의 집은 농가다. 파리로 그녀를 그림 공부하러 보낼 정도면 인도에서는 꽤 깨인 집안일 것이었다. 예외 없이 그녀의 집도 가족이 많다. 조부모, 부모, 네 명의 숙부와 다섯 명의 숙모, 두 명의 오빠, 다섯 명의 동생들, 숙부들의 열한 명의 아이들, 네 명의 하인……. 이십여 명이 두 개의 테이블을 둘러싸고 점심 식사를 시작했다. 매운 음식 탓일까, 더운 기후 탓일까, 나만이 온통 땀범벅이 되어 머리에서 김이 오를 것 같은 느낌이다. 많은 손가락들은 쉴 새 없이 절묘한 손놀림으로 밥을 집고 카레를 묻혀 즉시 입으로 가져간다. 커다란 유리그릇에 담긴, 갠지스 강의 어떤 지역에서 길어 왔다는 성수인가 하는 것을 번갈아 돌려 마서가며 식사는 진행되어 간다. 나는 더러운 내 손이 마음에 걸렸지만 빨리 잊기로 했다. 모두가 다 같이 손을 집어넣고 있는 핑거볼만은 사용하고 싶지 않다. 내게 있어서 매운 향신료나 그 강한 향은 양념이라기보다 소독제로 여겨져 온다.

맞은편의 아이들은 반창고가 그대로 붙어 있는 손가락으로 음식을 마구 휘젓고 있다. 내 옆의 남자는 얼굴도 손도 부스럼투성이로, 혹시 불치의 피부병 환자인지도 모른다. 그래도 모두는 한 그릇에 담긴 것을 아무렇지도 않게 함께 먹고 함께 마신다. 야채에 묻은 진흙이나 음식에 모여 있는 파리를 불결하다고 생각하는 사람은 아무래도 나뿐인 모양이다.

여기에서는 위생 관념이란 것이 거의 성립될 것 같지가 않다. 약간의 불순물로 위장이 망가질 정도라면 어차피 그 정도의 생명력밖에 없다는 것이리라. 위생 관리라는 말은 일종의 도시 문명인이 만들어낸 무잡균無雜菌 인간의 대사라는 말인가? 그렇다면 나 같은 자는 이미 인공적으로 순수 배양된 진공관 속의 존재와 하등 다를 바 없다. 여기 사람들 입장에서 보면, 남이 입 댄 컵을 다시 씻어서 차를 준다든가, 아무도 손대지 않은 밥상을 자기 혼자 받도록 한다든가 하는 일은 아마도 이 세상의 소외자,

모두로부터 버림받은 자가 받는 비참한 대우임이 분명하다.

입장이 다르면 당연히 인간의 가치관도 변한다. 이런 시골에 있으니 도시인은 정말로 깨끗함을 좋아하는 걸까라는 묘한 의문이 샘솟는다. 하루에 몇 십 번씩이나 수도꼭지를 틀어 손이며 얼굴을 씻고, 매일 밤 목욕탕에서 온몸을 박박 밀어대고 있는 모습—. 이것은 생각하기에 따라서는 실로 꼴사납고 불결한 행위라고도 말할 수 있지 않을까. 강렬한 비눗물과 깔끔한 새 타월로 씻고 닦아내고 하는 것은 세균이나 땀이나 때나 먼지뿐만이 아니다. 모르는 사이에 달라붙은 타인의 냄새, 싫은 말, 불가해한 공기 등, 자신 이외의 모든 것 일체이다. 잘 청소된 로봇마냥 씻고 또 씻어, 신체도 관념도 모두 밋밋하기 짝이 없는 존재로 만들지 않으면 직성이 풀리지 않는다. 도쿄의 어떤 친구는 결벽증이 지나쳐, 거리를 걷고 있으면 가끔 구토증이 일거나 정신이 돌아버릴 것 같다고 한다. 타인이 내뱉은 공기를 들이마시지 않을 수 없고, 자신이 알 수 없는 물체나 관념이 주위를 둘러싸고 있기 때문이란다.

꼭 그 친구뿐만이 아니더라도, 많은 도시인들은 일 년 내내 병원을 들락날락하느라 바쁘다. 병이라는 이름의 곤란한 난입자, 그 포용할 수 없는 타자를 약이나 메스나 방사선 따위로 제거해가면서 철저히 세계로부터 몸을 지키고자 안달복달한다. 이리하여 건강이란 정확하게 컨트롤된 정신, 확실하게 관리된 신체를 말한다. 이 우주는 어디를 가더라도 모두 명명백백한 공간 시간으로서, 내 손바닥 안에 있지 않으면 안 되는 셈이다.

파리에서 알게 된 마야의 생가에서 체험한 점심 식사는 인도의 이미지를 더할 나위 없이 구체적인 것으로 만들어주었다. 그녀의 배려로 듬뿍 위장약을 먹은 뒤, 구토증을 억눌러 가며 산보에 나선다. 신비로운 보랏빛 눈과 입술을 가진 아름다운 그녀의 손짓을 따라 모래길을 잠시 걸어 나가니 강이다. 눈앞에 장대하게 펼쳐지는 갠지스 강의 흐름과 목욕 광경이 나타났다. 아이들에서부터 노인에 이르기까지 몇 백이나 되는 남녀가 강물에 온통 잠겨 있다. 옷을 그대로 입고 있는 사람, 반쯤 벗고 있는 사람, 벌거숭이 아이들, 손을 모으고 뭔가 읊조리면서 고개만 수면 위로 내놓고 있는 사람, 여럿이서 물을 서로 끼얹어주고 있는 노인네들, 모친에게 몸을 씻기고 있는 어린 나병 환자……. 느릿한 보랏빛 흐름에는 개나 쥐의 시체와 함께 때때르 인간의 시체도 섞여 있는 듯하다. 인분이니 토사물, 천 쪼가리, 종이 쪼가리에다 악취를 내뿜는 정체불명의 쓰레기들이 계속 눈에 들어오고, 바라보면 볼수록 이 세상의 강으로는 여겨지지 않는 황당한 흐름이다.

아무리 호기심이 강한 나라고는 해도, 아무렴 이 강에 잠겨볼 용기는 나지 않는다. 미인으로부터, 갠지스에서의 목욕이야말로 진정으로 인도를 경험하는 일이랍니다, 라는 말을 들어도 내게는 도저히 무리한 권유라고 할 수밖에 없다.

내 몸이 무균 상태에 가까운 탓만은 아니리라. 세계를 향해 항상 열려 있을 터인 관념의 문은 마치 갠지스의 모든 것을 적으로 돌리고 있는 양, 물 한 방울 들여보내지 않는 완벽함으로 꼭꼭 닫혀 있다. 머리로 아무리 동경하거나 이해한 것 같아도 그것은 자신의 몸에 거짓말을 하고 있는 것에 지나지 않는다. 설령 이 강물에 뛰어든다 한들, 거절의 관념을 찢어버리고 강 그 자체를 내 몸으로 받아들이지 않는 한, 진정으로 목욕의 의미를 깨닫는 일은 불가능하리라.

눈앞의 멱 감는 이들은 무조건적으로 행복하기 그지없어 보인다. 이 흐름 속에 감사하는 기분으로 몸을 드러내고 아무렇지도 않게 물을 떠 마시며 조금도 더럽다고는 생각지 않는다. 그러기는커녕 이 물로 몸을 정화함으로써 마음이 더없이 맑아지고 영혼을 구원받는다고 굳게 믿고 있는 것이다. 강은 신앙 이상의 세계, 말하자면 생명 그 자체다. 사람들은 강의 자식들, 강의 분신이라는 것일까. 좀 더 말한다면 강과 인간은 자기 동일이며 강 안에 인간이 있고 인간 안에 강이 있어서 안팎의 구분은 없다. 곧, 이 우주는 물로 이루어져 있어 그 흐름 속에 자신이 있고, 또 그 몸 안에도 강이 흘러 들어가 그것이 다시 바깥 강으로 되돌아 가고, 또다시 체내로 흘러 들어오고……

　삼라만상이 이 강과 이어져 있어 산 사람이든 죽은 사람이든 영구히 강으로부터 벗어날 수는 없다. 방치된 해방의 자유감보다 은총과도 같은 구속의 합일감이야말로 기쁜 것이다. 아무리 멀리 떨어져 있어도 물인 이상 언젠가는 갠지스 강으로 돌아온다. 실제로 강 건너에서 모락모락 연기를 피우거 죽은 사람을 태우고 있는 것이 보인다. 나중에 사람들은 그 재를 강에 흩뿌린다지 않는가. 갠지스의 사람들은 강과의 일체감이 있어서, 듣도 보도 못한 사람도 쥐의 시체도 죽음을 가져오는 세균도 모두 내 동포임을 실감할 수 있다. 그런 점에서 여기 사람들은 항상 돌아갈 곳을 가지며 도피나 거부를 모른다. 여기 사람들은 삶도 죽음도 인간의 명운이라는 것을 알고, 또한 내 생명은 유구한 갠지스의 흐름에 있어 영원함을 굳게 믿어 의심치 않는다.

그건 그렇고 내 안의 내면을 이루는 강은 강이라고 할 수 있을까. 내 체내에 흐르고 있는 수돗물이 과연 갠지스와 이어져 있을지 어떨지 의심스럽다. 혹 이 명명백백한 수돗물은 어느 강에도 흘러 들어가지 않고 내 몸을 지나 모조리 하수도나 화장실이라는 관념의 단어 속으로 사라져버리고 있지나 않은지.

나는 진심으로 말하자면, 세계로부터 떨어져 나와 구별됨으로써 내가 존재한다고 여기고 있다. 아무리 번지르르한 말을 해봤자 밖은 밖, 안은 안, 앞은 앞, 뒤는 뒤로서, 내가 너고 너가 나인 것 따위는 절대로 용납할 수 있을 만한 짓거리가 아니다. 비록 육체관계를 갖는 부부나 연인끼리라 해도, 둘 사이는 무색무취의 반짝거리는 플라스틱 인형들의 부딪침 비슷하여 무엇 하나서로 교류하는 매개물은 없다고 해도 될 것이다.

이에 반해 그녀의 친절은 마약처럼 나를 저 밑바닥에서부터 뒤흔들고 내 전부를 파괴한다. 그녀의 사라사에 닿거나 눈길을 받고 말소리를 듣고 가까이서 숨결을 느끼는 것만으로도 현기증이 난다. 사랑이나 육욕의 유혹 때문이라기보다 거절을 넘어 처

들어오는 인도라는 어찌할 수 없는 우주감宇宙感에 당하기 때문인지도 모른다. 마야의 배려와 농후한 체취에 감싸여 내 방위 본능은 점점 마비되어 간다. 빨리 여기에서 도망쳐 나가지 않으면 몸도 마음도 산산조각으로 해체되어버릴 것만 같다. 이런 곳이 있어서는 안 된다. 나는 나이지 않으면 안 된다.

일본으로 향하는 비행기 안에서 나는 거의 화장실을 떠날 수가 없었다. 심한 구토증과 설사에 시달린 탓이다. 내가 세계를 구축할 힘을 잃은 것인지, 세계가 나를 거부하고 있는 것인지, 아무튼 간에 인도에서 먹고 마시고 한 것 전부가 위로 아래로 한 방울도 남김없이 쥐어짜져 나온다. 뱃속에 고였던 것은 거의 다 나왔을 텐데도 여전히 구역질이나 설사는 멎지 않는다. 인도라는 세계의 편린조차 내 안에 머무르지 못하게 할 작정인가 보다.

빨리 일본에 도착하지 않으려나 하고 기분이 초조해진다. 이미 인도로부터는 상당히 먼 상공을 날고 있을 터이다. 가까스로 화장실에서 나와 창문을 내다보자 뭉성뭉성한 구름만 가득하여 어쩌면 이제 곧 일본 열도의 상공일지도 모르겠다.

그런데 비행기의 행선지인 도쿄는 진정 내가 돌아가는 곳인가. 아니, 아마도 나는 아무 데로도 돌아가지 않는다. 인도로부터 멀어지면 멀어질수록, 돌아간다고 하는 말을 가지고 있지 않은 자신이란 존재가 뚜렷하게 떠오른다. 더 말해버리자면 자연 속에도 인간 속에도 살 만한 곳 따위는 있지도 않다. 자연과의 인간과의 사물과의 어울림은 나를 초조하고 피곤하게 한다.

나는 살아도 죽어도 외톨이로 어딘가 도중에서 획 하니 사라질 수밖에 없다. 비행기에서 내려 사람들이 버글대는 대지를 밟아도, 나는 자신이 세계의 한가운데 있음을 깨닫지 못하리라. 그리고 그 누구와도 진정한 접촉 따위는 가지지 않은 채 나날을 깨끗하게 살아갈 작정으로, 마치 진공 지대를 홀로 가듯 천애고아를 가장하며 계속 걸어갈 것임이 분명하다.

파리에서 1

파리. 개똥, 인간들의 수다, 어디를 둘러보아도 같은 건물, 이것들이 지겨울 정도로 북적거려 마지않는 거리, 게다가 비가 계속 내리는 것도 아니고 그렇다고 맑게 개는 것도 아닌 날씨. 그야말로 우울증 환자를 낳기에 딱 알맞은 곳이다.

화가 F씨의 아틀리에를 방문하자, 아틀리에라기보다 그곳은 바로 돼지우리. 한 발짝 발을 들여놓자마자 물감이며 음식물이며 배설물 따위의 썩은 내가 단숨에 나를 집어삼킨다. 정신을 잃지 않도록 숨을 가다듬는다. 돼지 한 마리가 꿀꿀대며 방 안을 돌아다니고 있고, 돼지 못지않게 살찌고 지저분한 F씨는 바닥에 큰 캔버스를 펼쳐 놓고 우—우— 신음하고 있다.

기막힌 광경에 머뭇대고 있는 내 모습을 알아보자마자 F씨는 휘청휘청 일어났다. 어서 오시오. 무뚝뚝한 인사를 받으며 악수를 나눈 순간, 내 손은 물감 범벅이다. 더러운 잔에 와인을 따라 준다. 구역질을 참고 마시는 수밖에 없다.

캔버스에는 흘린 와인이며, 돼지 발자국이며, 물감 따위로 얼룩덜룩한 그림이 어지럽다. 거기에 F씨는 붓을 들고, 동쪽 나라에서 한 마리의 박테리아 오다, 하고 덧붙여 써 넣는다. 이런 무례한. 그에게 있어 표현이란, 이념적인 것의 표시가 아니라 무슨 전염병이나 세균의 번식과도 같은 것이란 말인가.

전화가 울려 수화기를 든 F씨, 갑자기 수다쟁이로 변모한다. 상대는 여자인 듯, 처음에는 어루만지듯 상냥하게 말하고 있었으나 곧 물어 죽일 듯이 험악하게 으르렁거린다. 응? 전화가 끊긴 모양이다. 그는 나이프를 움켜쥐고 분노에 떨며 캔버스를 마구 내리찍는다. 제기랄, 갈보 같은 게 까불고 있어! 우―하하하…… 분노는 어느새 웃음소리로 변했고, 그리고 나서 브라보, 하고 외친다. 오늘은 멋진 작품이 만들어졌어, 산다는 것은 이 얼마나 좋은 일인가! 돼지가 방 한쪽 구석에서 똥을 싸고 있다.

나는 도망치듯 F씨의 아틀리에를 나왔다. 밖은 이미 어둠이 내렸다. 정체 모를 전염병에라도 걸린 것처럼 오한이 나고 눈앞이 어지럽다. 비 오고 있는 보도로 나서자마자 개똥을 밟고 미끄러져서 엉덩방아를 찧고 말았다. 화나는군, 이제 지긋지긋하다구, 이런 일은! 그런데 다음 순간, 이래서 좋은 거야, 하고 뭔가가 번득인다. 평온함과 흡사한 불가사의한 해방감을 느끼면서 넘어진 채로 몸을 내맡기고 있었다.

지나가던 여인이 말을 걸었다. 싸 바?(괜찮으세요?) 위, 싸 바 비엥(네, 괜찮구 말구요).

파리는 꾀병마냥 달콤하다.

파리에서 2

니스에서 파리를 방문한 젊은 화가인 마들렌느 양은 우연히 내 개인전을 보고 몹시 감동한 모양이다. 그래서 나와 그녀는 말도 잘 통하지 않는데도 곧 의기투합하여, 서로 어깨를 두드리기도 하고 팔짱을 끼고 온 파리 시내를 몇 시간이나 쏘다녔다.

그리고 아껴둔 레스토랑에서 식사를 즐긴 후 또 어딘가 바에서 어지간히 마셔댔다. 그녀와 함께 호텔로 돌아왔을 때는 이미 한밤중이었다.

두 사람 다 곤드레만드레로 취한 채 차에서 내려 서로 기대듯 엘리베이터를 탄 셈인데……. 의기양양해져서 그녀와 방에 들어섰을 터이건만, 정신을 차려보니 주위에는 아무도 없고 나 혼자 어이없는 몰골로 비데 앞에 쭈그리고 앉아 웩웩 토하고 있다.

너무 기분을 내다가 모든 것을 망쳐버리게 된 모양이다.

술이 깰수록 구역질이 한층 심해진다. 뱃속에 있던 것은 진작에 다 토해냈을 텐데도 구역질은 멎지 않는다. 뇌수 속 어딘가에 숨어 있을 법한 이질적인 생각의 편린마저도 일체 남김없이 쫓아내지 않고는 가만두지 않을 작정인가 보다.

욕심 부린 긴 여행의 피로에다, 버터, 치즈, 푸아그라에 칼바도스 등, 기름진 음식이며 독한 술을 과식, 과음하여 기어이 위장이 잔뜩 성을 내어 거부 반응을 일으킨 모양이다. 음식뿐만 아니라 엄청나게 끈질기고 거대한 그림이며 딱딱하고도 뻑뻑한 어처구니없는 조각, 분별할 수 없는 음악이나 언어의 홍수……

이런 것들을 아무리 손에 잡히는 대로 위장이나 머릿속에 쑤셔 넣어본댔자, 도저히 파리의 세계를 내 몸 안에 다 수용하기란 불가능하다. 연일 너무 쑤셔 넣어서 그것들에게 되려 떡이 될 것 같았지만 커다란 세계를 내 수중에 넣기 위해서라면 이 정도쯤이야, 하고 어깨에 힘을 주고 견디고 또 견뎠던 것이 고작 이 꼴이다.

비데를 덮치듯 하여 토해내고 있으려니 괴로움 때문인지 분

함 때문인지 눈에서는 눈물이 흘러 어쩔 줄을 모르겠다. 토사물을 물끄러미 바라보고 있던 나는 얼떨결에 손을 쑤셔 넣어 그것들을 헤쳐보기도 하고 움켜쥐어도 보았다.

음식물의 원형은 거의 없어지고 의외로 소화액에 녹아들어 있어 내 딴에도 제법 해냈다는 생각이 든다. 문득 쓴웃음이 나온다. 마들렌느는 도망간 것이 아니라 아마 그 순간에 내가 쫓아버린 게 분명하다는 묘한 확신이 솟는다.

아침에 호텔의 테라스로 나가 우두커니 앉아 있으니 웨이터가 식사를 날라 왔다. 포크와 나이프를 손에 들고 테이블을 바라보는 순간, 어찌된 셈인지 햄이 인간 훈제로, 크루아상이 똥 덩어리로 보인다. 억 하고 부르짖을 듯이 포크와 나이프를 쥔 채 떨고 있는 내 모습을 보고, 웨이터가 의아하게 여겼는지 가까이 다가와서, 싸 바? 하고 말을 건넨다. 나는 자신의 이상 상태에 놀라 정신을 차리고 겨우 손에 쥔 것을 테이블 위에 놓았다.

고개를 뜰 쪽으로 돌리면서 커피를 입에 대자 전에 없이 쓰다. 이도 저도 모조리 쫓아내버렸을 터인데, 시원함이 아니라 안개 같은 공허가 나를 사로잡아버렸나 보다. 자신이 여기에 앉아 있는 것 자체가 나른하고 허무하다.

어떻게든 이 공허까지도 쫓아내어 차라리 더 텅 빈 인간이 되고 싶다. 깃발 없는 깃대가 바람에 흔들리고 있다. 자연히 내 눈길은 흔들리는 깃대 끝을 쫓고, 그리고 격렬하게 펄럭이는 것을 찾아 그 너머 아득한 피안을 지그시 응시하고 있었다.

뉴욕의 지하철

정신이 아득해질 것 같은 낙서, 머리가 이상해질 것 같은 냄새, 덤벼들 듯한 짐승 같은 것들의 무리……. 뉴욕의 지하철에는 어처구니없는 괴상한 공기가 소용돌이친다. 시멘트와 콜타르를 질척질척하게 처바른 캔버스로 온통 장식해 놓은 공간을, 작가인 듯한 여자가 예리한 칼이나 뭔가로 얼굴이며 몸을 갈기갈기 난도질하여 피투성이가 된 채 어슬렁거리고 있었다. 조금 전에 화랑에서 본 이런 화가의 퍼포먼스가 마치 지하철로 그대로 이어지고 있는 듯이 보인다.

내게는 버거운 이 폭력과 광기로부터의 출구는 어디? 하지만 도망칠 수도 없어 필사적으로 계속 지하철을 타고 있으면, 어느 틈엔가 전철은 하필이면 내 신체 속을 질주하는 것이다. 어디서부터인지 이 으스스한 선로가 내 안으로 이어져 있다. 아니나 다를까 옆의 짐승이 거친 숨결로 뭔가 속삭이며 내게 입술을 겹쳐 와, 등골이 오싹해지며 오줌이 찔끔 나온다. 신기하게도 공포는 이윽고 정체를 알 수 없는 엑스터시의 대하大河를 이룬다. 이 흐름은 드디어 모든 것을 삼켜버리고 마침내는 커다란 해방의 바다에 이르러 넘친다.

평화로운 도쿄에서 작품을 하고 있노라면, 어쩐지 때때로 그 불가사의한 체험이 되살아난다. 그리고 내 짓거리는 헤아리기 힘든 몸짓의 색조를 띤다. 꽈—앙 하고 둔한 금속성 소리를 내며, 내 안을 뉴욕의 지하철이 달리는 것이다.

톨레도에서

아직 오지 않은 내일 또한 멋진 과거의 하루에 지나지 않는다. 오래된 마을을 걸으면 어느 곳이든, 미래라는 단어마저 이미 역사 속에 잠겨 있다. 그리고 이 역사라는 단어의 울림에는, 향긋한 포도주와 같은 잘 익은 시간의 향기가 난다. 톨레도의 성문을 빠져 나가며, 나는 감동한 나머지 이런 생각을 떠올렸다.

나지막한 언덕 밑을 푸른 강이 감싸듯 흐르고, 다시금 강가를 성벽으로 두르고 그 속에 오래된 황톳빛 건물들이 온갖 크고 작은 조개껍데기처럼 대지에 달라붙어 있다. 갑자기 어디에선지 모래먼지가 공중을 너울대어 마을은 마치 신기루와 같은 광경을 띠었다.

회교, 유대교, 기독교 등, 이교도 다종족이 너그럽게 뒤섞여 공동으로 쌓아 올린 중세 스페인 그 자체라 할 만한, 다이내믹하고도 우아하며 풍요로운 환상의 모습이 여기에 있다. 고딕 양식인가 싶으면 바로크식이기도 하고, 아라비아풍 모자이크며 어딘가 이집트의 석단을 연상시키는 대성당들로 상징되듯, 온갖 다른 요소들이 모여서 하나의 세계를 짜집고 있어 그 삐걱거림이 오히려 조화의 의미를 잘 나타내고 있는 듯하다. 그림이 너무 전위적이라 하여 조국 그리스에서 쫓겨나 평생을 톨레도에 바친 엘 그레코. 그의 불안정하고 기이한 푸른 작품은 언뜻 쾌활해 보이는 이 마을과는 어울리지 않을 성싶으나 근방의 교회, 사원, 병원 온갖 곳에 장식되어 공간을 한층 뚜렷하게 만들고 있는 점등, 참으로 그런 면이 톨레도답다. 서로 다른 사고방식의 대응이나 다른 것끼리의 얽힘이 있기 때문에 오히려 더 자극적이고 창조적인 드라마가 전개됨을 가르쳐주고 있는 것 같다.

그건 그렇다 치고, 내가 톨레도에서 가장 매력을 느끼는 곳은 골목이다. 여기에서는 몇 안 되는 광장이나 몇몇 큰 거리조차도 골목의 집합으로 여겨진다. 스쳐 지나가면 어깨를 부딪힐 듯한 좁은 길. 그럼에도 불구하고 불가사의하게 떠도는 것은 고여 있는 어둠이 아닌 밝고 팽팽하게 긴장된 공기. 사오 층짜리 건물 벽은 거의 몇 번씩이나 고친 흔적이며 얼룩투성이다. 어디선가 아이들의 떠드는 소리가 이따금씩 종소리와 섞여 멋진 앙상블을 이루며 어디까지나 울려 퍼진다. 바닥에 촘촘히 깔린 자갈들이 오랜 풍파에 시달리고 무수한 사람들의 왕래로 닦여져 반짝반짝 하니 눈이 부시다.

그러나 더 아름다운 것은 이런 골목에서 바라보는 작은 하늘이다. 고개를 들면, 좁다랗게 긴 각진 공동空洞이 가위로 잘라 낸 종이의 실루엣마냥 빠끔하게 오려내어져 있다. 무너져내릴 듯한 것도 인간의 얼룩도 보이지 않고, 그곳에는 시간의 표정이 없다. 인간의 발자취에 의한 지면과 그런 흔적 따위를 남길 수 조차 없는 하늘과의 콘트라스트는 절묘하다고밖에 표현할 길이 없다. 릴케가 톨레도를 그지없이 사랑한 것은 아마도 이 때문이 리라.

틀림없이 그가 걸었을 어떤 골목길 모퉁이를 돌자, 문득 어떤 싸늘한 공기가 흐르는 것을 느끼고 발길을 멈췄다. 시인이 본 것은 이것이로구나라고 생각한다. 다음 순간 한숨을 내쉬고, 하지만 나는 릴케가 본 것이라기보다 그의 발자국이나 손때를 더 듣고 있을 뿐인지도 몰라, 그리고 그는 내가 보고 있는 것 따위는 볼 수 있을 리가 없지, 하고 다시 걷기 시작하면서 생각하고 만다. 내가 릴케의 발자국이나 손때를 보고 있는 것처럼은 나의 그것을 어떻게 그가 느낄 수 있겠는가. 마찬가지로 나 역시 사오십년 후의 것을 보는 것은 상상의 영역으로 한정되어 있다.

이리하여 내 뒷사람도 또한, 이미 과거가 된 릴케나 나를 포함한 더 두툼한 역사의 표정이나 그것을 한층 더 무화無化하는 듯한 거센 부정不定의 심연을 이 골목과 하늘에서 보면서도 예감으로 가득찬 미래의 안쪽을 들여다볼 수 없는 자신을 한탄할 것임이 틀림없다. 유감스럽지만 아무리 뛰어난 시인일지라도 내일이라는 과거를 보는 일은 허용되어 있지 않다. 그것이 역사라는 것이라면, 인간이 시간이라는 무상감에서 벗어나기란 영영 무리일까.

어떤 여행지에서

곰팡내 나는 오래된 골목을 하루 종일 돌아다니는 동안, 어깨에 걸친 여행 가방이 귀찮고 묵직하게 느껴지면 이미 저녁때이다. 갑자기 비가 내리기 시작했기에 가까이 보이는 작은 교회로 발걸음을 옮겼다. 문 앞에서 누더기를 걸친 한 거지 노파가 손을 내밀고 있는 것 같았으나 나는 모르는 척하고 교회로 들어갔다.

손수건으로 머리며 옷의 물방울을 털어내면서 아무도 없는 희미한 어둠 속을 어정거린다. 벽에 붙여진 피를 줄줄 흘리고 있는 매저키스틱한 그리스도상, 울긋불긋한 스테인드글라스에 그려진 창녀 같은 성모 마리아, 몇 자루의 촛불밖에 켜져 있지 않은 칙칙하고 싸늘하게 괴어 있는 공기, 어디를 둘러보아도 음침하고 으스스하다. 묘한 공간으로 빨려들어와 버렸구나. 그래도 긴 의자에 엉덩이를 걸치자 과도한 피로감 때문인지 온몸이 진흙처럼 풀려 간다.

양 어깨에 뭔가가 뻗어와 얹힌다. 인기척이 나서 뒤돌아보니 누군가가 내 어깨에 손을 얹고 머리 숙여 뭔가 열심히 기도하고 있다. 뭘까? 섬뜩했지만 어깨의 손을 뿌리칠 수도 없고 하여 하는 수 없이 기도가 끝나기를 기다렸다. 그러나 기도는 좀처럼 끝나지 않고 실제로는 10분 정도였을지도 모르나, 벌써 한 시간도 두 시간도 더 지난 느낌이 들어, 마침내는 불안한 나머지 헛기침을 하면서 천천히 몸을 일으켰다. 그러자 기도하던 이도 얼굴을 든다. 거지 노파가 아닌가.

깜짝 놀라는 내 얼굴을 들여다보듯 미소를 지으면서, 당신을 위해 기도드렸어요, 한다. 나는 더 움찔했다. 왜 날 위해? 그 말에는 대답하지 않고, 좋은 여행이 되시길, 하는 말을 남기고 교회 안쪽으로 자취를 감췄다. 나를 아는 사람? 설마 유령은 아니겠지. 환영을 보고 있는 것일까.

교회 밖으로 나오니 비는 그쳤고, 골목길에는 여행객들의 모습도 드문 저녁 어스름의 냄새가 떠돌고 있다. 한기가 느껴져 호텔로 발길을 재촉하면서 생각했다. 노파는 나의 무엇을 위해 기도했다는 것일까. 내 모습 어딘가에서 가련한 죄의 그림자를 본 걸까. 적선을 하지 않아서 혹 저주한 건? 그건 마녀거나 죽음의 신일지도 몰라. 아니 그 얼굴은 어머니처럼 부드러워…….

밤새도록 수수께끼 같은 노파가 마음에 걸려 불을 껐다 켰다 하는 사이에 이래저래 아침이 되고 말았다. 뭔가를 예고라도 하듯 일제히 종이 울리기 시작했다. 커튼을 젖히니 우중충하게 구름 낀 하늘 아래 시에나의 거리는 아직 잠들어 있다. 오늘부터 또 하나 마음에 걸리는 컬렉션을 짊어지고 무거운 여행을 계속해야만 한다.

어떤 뒷모습

벤치에서 독서에 빠져 있던 책을 덮자, 뤽상부르 공원은 이미 그늘져 있었다. 천천히 담배에 불을 붙이며 문득 옆을 보았다.

조금 떨어져 나란히 있는 벤치 앞에서 후줄그레한 노인이 웅크리고 앉아 중얼중얼 하면서 뭔가를 주워서는 주머니에 넣고 있다. 주변에 흩어져 있는 것은 즐비한 꽁초다. 그러고 보니 조금전까지 중년 부인이 벤치에서 책을 읽으며 꽤나 담배를 피워 댄다고 생각했는데 막 돌아간 참인 모양이다.

내가 보고 있는 것을 눈치 챘는지 노인이 이쪽을 쳐다보았다. 눈이 마주쳐서 "봉수아" 하고 인사했다. 그는 희미하게 웃더니 일어서서 가까이 다가왔기에 나는 어색한 마음에 손에 들고 있던 담배를 권했다. 그는 내가 읽고 있던 일본어 책에 힐끗 눈길을 주면서 말했다.

"나는 시를 줍고 있었던 것이네, 즐겁게. 그런데 자네가 말을 걸고 물건을 내밀어서 흥이 깨져버렸어."

"죄송합니다." 내가 담배를 거두어들이려고 했을 때, "뭐 모처럼이니 받아 두지" 하자마자 그는 재빠르게 그것을 곽째로 채어가서 자기 주머니 속에 집어넣었다. 내가 어이가 없어서 잠자코 있자, 멋대로 내 손을 잡고 "메르시" 하며 웃고는 총총히 등을 돌리고 걸어갔다.

뭐야 저 늙은이는, 하고 멀어져 가는 뒷모습을 바라보고 있는 사이에 나도 웃음이 나왔다.

정야靜夜의 종, 제야除夜의 종

　　매년 세밑이 되면 종소리를 둘러싸고 떠오르는 생각이 있다. 내게, 동양의 종소리는 정야靜夜이고 서양의 종소리는 제야除夜의 이미지라는 것이다.

　　절이 많은 산 속에 살고 있으면, 이른 아침과 저녁 무렵에 어디선지 모르게 종소리가 들려온다. 데엥— 하는 느릿느릿하고 무거운 그 독특한 울림은 아침보다 저녁녘에 어울린다. 저녁 어스름이 다가올 무렵, 일에 지친 채로 듣는 종소리는 어슴푸레한 고독의 빛깔을 띠고 있다. 그림 제작에 열중한 나머지, 날이 저무는 것도 모르고 전등도 켜지 않고 어두컴컴한 아틀리에에 우두커니 앉아 있는 자신을 발견하곤 흠칫 놀라는 것도 종소리가 들려올 때일 경우가 많다.

　그럴 때 붓을 놓으면 어쩐지 한숨을 내쉬고 싶어진다. 희미한 어둠 속에서 담배에 불을 붙이고 다 식어버린 차를 홀짝이며 나도 모르게 곰곰이 생각에 젖어드는 것이다. 무엇 때문에 이렇게까지 필사적으로 애를 쓰는 것일까? 광막한 우주의 어딘지도 모르는 곳을, 이렇게 몸부림친다고 해서 인간이 도대체 무엇을 할 수 있단 말인가? 이런 물음을 싣고 오는 종소리는 나를 끝없는 적막감의 세계로 잠겨들게 한다. 해일처럼 밀려오는 무한한 외로움이며 거대한 허망함에 떨면서, 나는 아집에 사로잡히고 먼지를 뒤집어쓴 자신을 부끄럽게 생각한다. 그리고는 깊은 평안을 느끼고 혼이 씻기는 기분이 되는 것이다.

　그런데 서양의 성당 종소리는 어떤가? 많은 종들이 땡그랑 땡그랑 하고 울려 퍼지면, 이 무슨 요란하고 경박한 소린가 하는 사람이 있을지도 모르겠다. 하지만 유럽에서, 그것도 오래된 도시나 작은 시골 마을의 이른 아침 종소리는 참으로 가볍고 경쾌하다. 상쾌하게 잠에서 깨게 하고, 살아 있는 기쁨을 느끼게 하며, 모든 것을 활기차게 되살려준다. 그 명쾌하고 맑은 금속성 음색은 밝고 지혜에 차 있어, 인간의 위대함이나 창조력을 찬양하고 있는 것처럼 들리는 것이다.

나는 유럽에서 작업을 하거나 여행을 할 때 종소리를 들으면 항상, 더 기운차게 적극적으로 하자, 더 반짝 빛나도록 뚜렷하게 살자고 생각한다. 서양의 종은 동양의 그것에 비하면 결코 혼을 뒤흔들 듯이 장중하지는 않으나, 그 대신 어둠을 물리치고 스스로의 삶을 설레게 하는 강한 힘을 지닌 것처럼 느껴진다.

동양과 서양, 그 어느 쪽이든 종소리는 저마다의 시대나 세계를 지니고 나를 분발시켜주니 고맙다.

아이들의 외침

파리 뒷골목의 오후는 조용하다.

좁다란 골목길을 천천히 걷고 있자니 훨씬 앞쪽에서 아이들이 외치는 소리가 단발적으로 들려온다. 절박하게 외쳐대는 소리는 아니고 땅 밑에서 고함이 전달되어 오는 듯한 묘한 울림이다.

골목을 벗어나자 안마당 같은 자그마한 광장이다. 광장 가운데쯤에 맨홀이 있고, 그 둘레를 에워싼 채 초등학생으로 보이는 세 아이가 무엇 때문인지 뚜껑이 열려 있는 맨홀에 번갈아 가며 고개를 들이밀고는 소리를 있는 대로 질러대고 있다. 아무리 들어도 무슨 말도 아닌 소리로, 그저 워, 워, 하고 소리치고 있는 것 같다.

　가까운 벤치에 걸터앉아 담배에 불을 붙이면서 이 불가해한 광경을 줄곧 지켜보고 있었다. 맨홀 안에 뭐가 있는 걸까. 무심히 보고 있는데, 20분 정도 지나자 아이들은 외치는 것을 그만두고 이번에는 갑자기 까르륵까르륵 웃어대기 시작했다. 그리고 아무 일도 없었던 것처럼 달리거니 뛰어오르거니 하면서 내가 온 반대편 골목으로 사라졌다.

　나는 호기심을 억누를 수 없어 맨홀로 다가가서 안을 들여다보았다. 밑으로 내려가는 계단이 암흑 속으로 사라지고 바닥을 흐르는 물 같은 것이 어렴풋이 빛나고 있을 뿐, 그 외에는 아무것도 보이지 않는다. 도대체 그 아이들은 뭘 외치고 있었던 걸까. 바닥에 누군가 있었던 것 같지도, 물건을 떨어뜨린 것 같지도 않고, 이윽고 밝은 표정으로 이 장소를 떠난 것을 보면 다만 재미삼아 하고 있었던 것 같기도 하다.

　그렇다면 어두운 맨홀의 공동空洞을 향해 외치는 게 뭐가 재미있다는 것인가. 평상시의 화풀이인가, 아니면 뭔가를 호소한 걸까? 아니면 의미도 없이 본능적(?)으로 해본 것뿐일까? 내게는 수수께끼 같은 짓거리로 비춰지지만, 그야말로 도시의 아이

들다운 행위라고 말할 수 있을 법도 하다. 그나저나 고함을 질러
댈 수 있는 안성맞춤의 공동을 잘도 발견한 것이 아닌가.

시골에서는 아이들이 이런 장소에서 외치거나 하지는 않으
리라. 그곳에 맨홀이 없어서라기보다 아마도 훨씬 더 다른, 그것
을 향해 외치지 않을 수 없는 공간이 버티고 기다리고 있기 때문
일 터이다.

실은 나는 십수 년 전, 한국의 산골에서 그런 광경을 목격했
다. 어느 초가을 날, 오랜만에 고향을 방문해 조상의 성묘를 하
고 돌아가던 도중이었다. 이미 해가 지려 하고 있는 시각인데,
맞은편 산꼭대기에서 아이의 목소리 같은 외침이 산발적으로 들
려왔다.

어떻게 할까 하고 망설였으나, 역시 마음에 걸려 서둘러 산
을 오르기 시작했다. 어린 시절이었다면 20분 정도로 올라갔을
테지만 산꼭대기까지 거의 두 배가 걸렸다. 산꼭대기는 아직 밝
았으나, 크고 새빨간 태양이 멀리 서쪽 산여울 너머로 막 가라앉
으려는 참이다. 한 소년이 가장 높은 바위 위에 서서 서쪽 태양
을 향해 울면서 가슴이 찢어질 듯 와아―, 하고 외치고 있다.

나는 소년에게 눈치 채이지 않도록 멈춰 서서 몰래 보고 있

었다. 가까운 마을에서 자란 나는, 이곳에서 저처럼 울부짖은 적은 없었지만 마치 어린 시절의 내가 그러고 있는 기분이 들었다. 눈 아래로 펼쳐진 들이며 발밑의 울창한 소나구 숲과 먼 산들, 그리고 광대한 하늘 밑에서 소년은 몸을 흔들고 목소리를 떨면서 계속 외쳐댄다.

울어라, 더 외쳐라, 하고 영문을 알 수 없는 말을 중얼거리는 동안 소년은 문득 인기척을 느꼈던지 깜짝 놀란 모습으로 이쪽을 돌아보았다. 석양에 비친 붉은 얼굴에 눈물이 흠뻑 빛나고 있었다.

무슨 일이니? 하고 말을 걸었다. 소년은 엉거주춤 나를 응시하는가 싶더니 말없이 한달음에 산을 달려 내려갔다. 주위는 갑자기 어두워져서 내가 겨우 산기슭에 도착했을 무렵에는 칠흑 같은 어둠이었다.

돌아오는 전철 안에서 깜깜한 밖을 내다보며 작은 목소리로 우워―, 하고 외쳐본다. 그 소년은 누군가에게 심하게 야단이라도 맞은 걸까, 뭔가 참을 수 없이 분한 일이라도 있었던 걸까. 그래서 누군가를 부르며 호소한 것일까. 그래서 부름의 대상에게 몸을 맡기고 무슨 응답을 되풀이하고 있었던 것인가.

아무 일도 없어 보이는 일상에서 때로 아이가 외치는 소리는 정녕 신기한 울림을 지니고 있다.

오늘날의 도시 아이는 작고 컴컴한 맨홀에 고개를 처박고 외친다. 산골 아이는 산정상에서 석양을 향해 외친다. 이것은 너무나도 대조적인 예지만, 그렇다손 치더라도 기막히게 상징적인 도식이 아닐 것인가. 물론 도시 아이라도 거리의 골목이나 빌딩 위에서 외치는 일도 있거니와 시골 아이가 마을의 길이나 밭에서 외치는 일도 있을 것이다. 때나 환경이 변하면 외치는 장소가 달라져 가고, 그곳에서의 음색도 바뀌어 간다는 것이리라.

아무튼 이들 외침은 어른에게서는 좀처럼 찾아볼 수 없는, 역시 아이의 고독한 영역이라 해도 좋다. 아직 말로 표현할 수 없는, 성장해가기 위해 감당키 어려운 혼돈의 마그마가 그런 정체를 알 수 없는 외침을 유발하고 있음이 틀림없을 것이다.

나도 어릴 적에는 도저히 말도 안 나오고 가슴이 터질 것 같아지면 집을 나와 곧잘 산이며 강을 향해 있는 힘껏 부르짖곤 했다. 그러면 삼라만상은 언제나 내 목소리를 들어주고 팔을 크게 벌려 답해주고 있다고 생각했다. 왜 그렇게 생각했는지는 확실치 않지만, 외침이 공기로 전해져 어딘가에 맞닿아 메아리치는 모습에서 무한의 교감을 느낀 듯하다.

　나는 유감스럽게도 맨홀의 공동을 향해 외쳐본 적은 없다.

　그러나 시골에서의 경험으로 비추어 보아 도시 아이들에게 있어 그곳은 집이나 자신에게서 떨어진 신변에 근접한 '바깥' 일 터이다. 산꼭대기의 공간이든 지하의 공동이든, 아이들은 외침 소리가 자신에게서 나와 외부 세계로 울려 퍼지는 것을 알고 있다. 아이들은 스스로 발산한 외침 소리가 한 바퀴 돌아서 오는 그 메아리 소리를 들으며 성장해가는 것이리라.

장송葬送

평소 신세를 지고 있던 친척 할아버지가 돌아가셨다. 옴짝 달싹할 수 없는 스케줄이긴 했지만 모른 체할 수는 없다. 병원으로 달려가보니 시신은 이미 간호원들의 손으로 염을 마치고 새하얀 시트에 싸여 영안실에 안치되어 있다. 도회지의 대병원에 어울리게 매우 밝고 청결하며 조금도 음습한 구석이 없다. 장의사에서 와서 유해를 집으로 운구하고 준비해둔 관 속에 납관하자 거실에 깔끔한 제단이 마련되었다.

친척들과 손님들은 스시를 먹고 맥주를 마시며 이따금씩 주룩 눈물을 비추지만, 누구 하나 흐트러지지는 않는다. 휘황한 불빛과 많은 사람들의 우스갯소리 속에서 맞이한 밤샘의 의식儀式

은 향냄새도 그만그만 총총히 끝이 났다. 나는 할아버지를 떠올리면서 한 손에 캔 맥주를 들고 어슬렁어슬렁 집 안을 돌아본다. 어디를 들여다보아도 환하고 가족들의 얼굴에도 어두운 그림자 하나 보이지 않으며, 즐거운 듯한 아이들의 숨바꼭질 놀음이 인상적이다.

날이 바뀌어 나는 일부 친척 친지들과 화장장에 따라갔다. 유해를 태우고 돌아오니 이미 집 안은 모두 깨끗하게 치워져 있다. 아무 일도 없었던 것처럼, 아니 모든 것이 한층 반짝반짝하게 정리되어 있다. 이삼 일 내로 다다미(짚으로 만든 일본식 바닥재)를 갈자, 빨리 사우나에라도 가서 개운해지고 싶은데, 하고 모두들 후련한 얼굴로 대화를 나눈다. 역시 누구에게나 다 귀찮았던 것이다. 이제 겨우 장례가 끝났구나 싶어 나도 한숨을 돌린다.

그런데 집으로 돌아오는 전철 속에서 나는 점점 생각에 잠겨들었다. 인간의 죽음도 참으로 희한한 것이 되어버리지 않았는가. 아무런 거리낌도 없이 이다지도 간단하고 깨끗, 산뜻하게 죽음을 처리해버리다니, 세삼 참 변했다. 시골에서 자란 나는 어린 시절의 죽음이나 장례식을 둘러싼 엄청난 경험을 서서히 떠올리기 시작했다.

　이웃집 친구의 할아버지는 목수에게 관을 짜게 하여, 여름이 되면 언제나 자신의 손으로 정성스레 옻칠을 하고 있었다. 그리고 기분이 내키면 관 속에 들어가 낮잠을 자는 광경도 자주 눈에 뜨였다. 가끔은 그 할아버지가 죽은 사람인지 살아 있는 사람인지 분간이 되지 않아, 어린 마음에 정체를 알 수 없는 존재로 여겨지는 적도 있었다. 비 오는 날 같은 때, 마루 기둥에 매달아 놓은 시커먼 관이 끼익끼익 소리를 내며 흔들리는 것을 보면, 친구와 나는 무서움을 잊기 위해 목청껏 엉터리 노래를 불러대곤 했던 것이다.

　그 할아버지가 돌아가셨을 때는 가족은 물론, 모인 문상객 모두가 며칠 밤낮으로 울고 곡하고 하여 이상한 공기가 온 마을을 뒤덮었다. 상가 사람은 남녀를 불문하고 뒤집어서 꿰맨 누런 삼베옷을 입고 있다. 게다가 특히 풀어 헤친 머리에 괴상한 짚띠를 두른 상갓집 여자들은, 어린아이의 눈에 그야말로 죽음의 신 그 자체였다. 삼베의 그 누런 빛깔은 그대로 죽음의 색. 마을 어귀에서부터 누런 색깔은 냄새를 풍기고, 그 집에 가까워질수록 그것은 숨이 막힐 정도로 짙어진다. 어쩌다 그 집의 누런 아주머니에게 자기 아이로 알았던지 손을 한 번 잡혔다. 담이 약한 나는 울지도 못하고 부리나케 개울가로 뛰어가서 몇 번이고 몇 번이고 손을 씻었다. 그래도 여전히 손에 죽음의 냄새가 착 달라붙어 떨어지지 않는 느낌이 들어 모닥불에 화상을 입을 정도로 세게 불을 쬐면서 공포에 떨었던 것이다.

가을이라지만 아직 더워서, 날이 갈수록 송장 썩는 냄새는 사람들의 몸이나 집 구석구석까지 스며들어 온 마을에 감돌았다. 이레째에야 유해는 겨우 친척들과 마을 사람들의 손으로 뭔가 천지가 뒤집히는 듯한 소란 속에서 뒷산에 안장되었다. 그러나 집 한켠에는 여전히 넋을 위로하는 빈소가 마련되어 있어, 날이면 날마다 그곳에 밥이며 술이 바쳐지고 울음소리가 그칠 새 없다. 이것이 삼년 간이나 계속되는 동안, 죽음의 신은 살아 있는 가족들이나 마을 사람들 속에 단단히 뿌리를 내린다. 내가 도회지로 나와 고등학생이 되어 십 년만에 시골을 방문했을 때였다. 마을 사람들은 그 할아버지가 생전에 곧잘 시 낭송 장소로 삼곤 했던 암벽 기슭에 술을 차려 놓고, 그 앞을 지날 때마다 절을 하고 있는 것이 아닌가.

내 유년기의 삶은 그때 이후로 죽음에 물들고 부풀어 올라 죽음 없는 삶을 생각할 수가 없다. 하지만 신기하게도 커갈수록, 죽음이 꼭 그렇게 어둡고 무거운 것이라고는 생각하지 않게 되었다. 오히려 그것은 언제부터인가 그지없이 평온함을 암시하는 투명한 것이 되어 있어서, 결코 삶 저편에 버티고 서 있는 벽은 아니었다. 대학생이 될 무렵에는 내게도, 관 속에서 낮잠을 자던 그 할아버지의 기분이 조금은 이해될 것 같은 느낌이 들었다. 지금도 사물의 보이지 않는 부분에 자연스레 관심이 가는 일이 많은 것도 그 무렵의 체험과 무관하지는 않으리라 여겨진다.

그러나 요즘의 나는 옛날과는 다른 의미에서 죽음이 두렵다. 죽음은 점점 내 삶의 공간에서 미움받아, 몸에서도 집에서도 직장에서도 철저하게 추방당하고 있다. 매일 집에서는 구석구석까지 청소기를 돌리고, 또 욕실이나 수세식 화장실에서도 뭔가와 함께 죽음의 조각을 확실하게 씻어내고자 기를 쓰고 있다. 그 탓인지 나와 가족들의 삶은 반짝반짝하니, 마치 얇다란 새 비닐종이 같다. 죽음을 안고 사는 삶이 좋은가, 삶과 죽음을 확실히 구분하여 삶만으로 살아가는 편이 좋은가? 어느 쪽이든 삶이 자명해질수록 죽음을 감싸 안기 힘들며, 죽음의 공포는 그것이 타자화他者化됨에서 비롯된다는 생각이 든다. 그렇다고는 해도 도

무지 더 이상 내 일상에 죽음을 껴안아들일 자신은 이미 없다. 기껏해야 아득한 그 무렵의 일을 때때로 떠올려보는 것이 고작이다.

어느 아침 갑자기

　아침 일곱 시, 이웃 아주머니로부터 댁의 따님이 쓰러져 있
습니다라는 전화를 받고 달려가보니, 수나가 땅바닥에 내동댕이
쳐진 개구리처럼 쓰러져 있다. 자전거로 등교하던 중 차에 치인
모양이다. 세게 머리를 부딪힌 듯, 머리카락은 피범벅에다 귀며
입에서도 빨간 액체가 흘러넘치고, 이미 의식은 없었다. 구급차
속에서 아내는 갑자기 광란이라도 일으킨 듯 아이를 끌어안으며
뭔가 소리를 질러대기 시작했고 나는, 바보 같은 것이 이 무슨
사고를 일으킨 거야, 하고 까닭 모를 분노에 떨었다. 딸아이의
고통이 내게 전해져 온다는 그런 것이 아니다. 내 몸의 외연 부
분, 진정 나의 어딘가가 점점 격렬한 아픔에 휩싸여 정신이 돌아

162

버릴 것만 같다.

　의사가 비춰주는 CT를 보니, 두개골은 크게 금이 가고 뭉그러진 뇌는 부기와 심한 뇌출혈로 뭐가 뭔지 분간이 되지 않는다. "꼭 그릇에 담은 두부를 힘껏 흔들어서 간장을 듬뿍 친 상태라고 생각하면 됩니다. 최선을 다하겠습니다만, 72시간이나 버틸지……." 그것이 의사가 할 소리냐고 울컥 화가 치밀었으나, 마음이 수습되지 않는 건 어딘가의 아픔 때문만은 아니다. 피투성이로 찢겨진 세일러복(일본 여중고생들의 교복)의 열여섯 살. 병이라든가 싸움이라든가 아무런 전조도 과정도 없이 별안간 처참한 광경을 벌여 놓은 채 뚝 끊어지려 하고 있는 딸아이의 생명줄을 어떻게 받아들여야 하는 건지. 달려온 할머니가 손녀의 손을 잡고서, "내가 대신해주마, 내가" 하고 부질없는 말만 되풀이하고 있어 더 신경이 곤두선다.

　그날 저녁 무렵, 아이는 조금 의식이 돌아온 모양인지 괴로운 신음 소리를 내기 시작했다. 아내가 큰 목소리르, "수나야, 정신 차려야지. 힘내! 아빠랑 엄마가 옆에 있을 테니까 괜찮아" 하고 외쳤다. 그러자 가까스로 알아들을 수 있는 목소리로, "둘 다 거기에 있어도 아무것도 할 수 없잖아. ……아무것도 할 수 없어." 아내와 나는 그 말에 아연하여 자신도 모르게 딸의 몸에서 스르르 손을 뗀 채, 그저 엉거주춤 멈칫거릴 수밖에 없었다.

아이는 그 길로 다시 혼수상태에 빠졌고, 아무것도 할 수 없는 우리 둘은 이제는 끝인가 보다 하는 각오로 만 나흘 내내 그나마 침대 곁을 떠나지 않았다. 그동안 친척, 친지, 친구들이 아침저녁으로 병문안을 왔고, 학교 교장이며 담임, 신부님들이 매일같이 찾아와서 세례를 베풀거니 기도를 드리거니 하며, "꼭 기적은 일어날 테니까요" 하고 모두들 우리를 격려해주었다.

그래서인지 아닌지, 이런 것을 기적이라고 하는 것일까? 젊은 생명력인지 의학의 위력인지, 닷새째를 맞아 얼마간 눈을 뜨게 되고 이레째부터는 확실하게 회복의 조짐이 보이기 시작했다. 누구보다도 의사가 기뻐하고 자신의 솜씨 자랑과 왕성한 아이의 세포 재생력을 칭송하며, "빛이 보이기 시작했습니다" 하고 비로소 밝은 얼굴이 되었다.

어렴풋이 의식이 돌아와서 맨 처음 입을 연 말이, "내 오마모리(행운의 상징으로 가지고 다니는 일종의 부적)갖다 줘"이다. 카톨릭계 학교라 항상 몸에 지니고 있어야 하는 성모 마리아의 목걸이를 말하는 것이리라. "지금 곧 갖다 줄게." 날개라도 돋은 듯이 병실을 달려 나가는 아내의 눈물 빛이 반짝여 보이고, 갑자기 모든 것이 허튼 연극 같아 어딘가 우스운 느낌이 들었다. 평소에는 조숙한 문학소녀에다 약간의 회의파로, 신이라든가 종교에는 강한 저항감을 가지고 있던 아이가 책상 서랍 깊숙이 넣어 둔 듯한 마리아를 찾다니 그건 좀 어이없지 않은가. 창문 너머에서 늙은 노인이 멍한 모습으로 저녁노을 긴 하늘을 바라보고 있다.

"수나는 신 같은 건 안 믿었잖아?" "그럼 아빠가 날 살려주기라도 했다는 거예요?" "아니, 그렇게는 말하지 않았는데." 이 순간 나와 그녀는 완전한 남남으로 돌아갔다. 이 아이는 내 일부가 아니다. 역시 거리가 있는 별개의 존재다. 기쁜 건지 슬픈 건지 헤아리기 어려운 심정으로 슬그머니 대합실로 나오니, 사람들이 텔레비전 앞에 몰려 넋 나간 얼굴로 코미디를 보고 있다.

지나가던 간호원이 아무래도 내게인 듯, "다행이에요" 하고 인사를 한다. 미칠 것 같던 아픔도 절박한 현실감도 거짓말처럼 사라지고, 나는 멋쩍은 기분으로 딱히 텔레비전을 보는 것도 아니면서 멍청히 영상에 눈을 박고 사람들을 따라 자꾸만 웃어대기 시작했다.

가묘家廟에서의 하룻밤

주인인 미야마 씨를 따라 방으로 들어갔다. 불이 들어온 순간 움찔했다. 다다미 열 장 정도 넓이의 천장이 높은 휑한 공간인데, 정면에 금빛 나는 거대한 제단이 눈에 뛰어 들어왔다. 대대로 우리 집을 지켜주는 조상신을 모신 장소佛間입니다. 이 선생님, 오늘밤은 여기서 푹 쉬시기 바랍니다.

미야마 씨는 제단으로 다가가 잠시 합장하고 살짝 양 여닫이문을 닫았다. 여기에 제수용 술이며 물이 있으니까 괜찮으시다면 드셔도 됩니다. 그럼 안녕히 주무세요. 미야마 씨가 방에서 나간 뒤, 나는 한 숨 내쉰 후 이미 깔려 있는 이불 머리맡에 가방을 놓았다. 향냄새가 코를 찌른다.

되도록 주위를 확인하거나 두리번거리지 않는 편이 좋을 것 같았다. 그래도 이불이 제단에서 너무 가까운 것 같아 입구의 미닫이 쪽으로 조금 옮겨놓았다. 왠지 소심해지지만 곧 익숙해지겠지. 주인은 나를 위하느라고 잠자리를 굳이 이 가묘로 정했을 터이다. 조상신이 손님을 보호해준다고 믿고 있는 듯한데다가, 모처럼 묵게 해준 것에 감사하지 않으면 안 된다.

내 미술관美術觀에 대해 강연해 달라는 초청을 받았는데, 이 마을에는 호텔이 하나밖에 없고 주최 측의 실수로 방을 잡을 수 없었다고 한다. 그래서 이 근방의 유지이며, 젊었을 때는 샤쿠하치(대나무 피리의 일종)의 명인이라 불리던 미야마 씨로부터 자기 집에 묵어 달라는 권유를 받았다. 강연에서 그림은 눈으로 듣는 것이라고 한 구절이 마음에 든 모양이다.

미닫이를 열고 방 바로 옆에 붙어 있는 화장실에 갔다. 커다란 마루를 낀 건너편이 미야마 씨의 방인 듯했으나 불빛은 이미 꺼져 있다. 시계를 보니 벌써 12시가 넘었다. 방으로 돌아와 총총히 가방에서 잠옷을 꺼내 갈아입고는 불을 끄고 이불 속으로 들어갔다.

아직 9월인데도 북부의 산속이라 그런지 공기가 싸늘하다.

원체 잠들기가 힘든데다가 오늘밤은 더욱더 잠들 때까지 시간이 걸릴 것 같다. 쳐다보려고 하지 않는데도 무심코 제단이 눈에 들어오곤 하는 것이다. 제단 쪽의 벽 윗부분에 몇 장이나 되는 커다란 초상 사진이 어둠 속에 떠 있다.

어떻다 할 것은 없다. 하지만 이 불안한 기분은 어찌된 것일까. 얼마 후에도 안정이 되지 않아 불을 켜고 다시 한 번 화장실에 갔다가 방으로 돌아왔다. 불을 끄고 이불 속에 들어가 조용히 잠을 청했다. 그림이 눈으로 듣는 것이라면 그럼 음악은 귀로 보는 것일까요. 미소 지으며 내게 묻던 미야마 씨의 말이 떠올랐다.

수면제를 가지고 오지 않은 것이 후회되었다. 눈을 감고 호흡을 가다듬으며 가능한 한 아무것도 생각하지 않으려고 애썼다. 향냄새가 신경 쓰이는데 그것이 기묘한 낌새를 퍼트리고 있는 듯이도 여겨진다.

살짝 눈을 뜨니 희끄무레한 어둠이 마치 자욱한 안개 같다. 위를 향한 자세로는 저절로 시선이 오른편에 있는 것으로 쏠리기 일쑤라, 제단을 뒤로하고 모로 누워 이불을 머리끝까지 뒤집어썼다.

기분 탓인지 귀가 울리기 시작한다. 무엇일까. 윙윙거리는 추상적인 소리가 점점 크게 울리며 등뒤로 차츰차츰 다가온다. 어느 틈인지 그것이 정체를 알 수 없는 거대한 존재가 되어 바로 등뒤에 바짝 다가서는 것이 보이는 것이다.

그때다. 삐걱삐걱 바닥이 방째로 흔들리기 시작했다. 지진 같다. 흔들림이 잦아들기를 기다리고 있자 벽 쪽에서 덜컹 하는 소리가 들렸다. 반사적으로 몸을 틀어 제단을 토았다. 여닫이문이 열려 있다. 희미한 어둠 속에서 그곳만 기괴한 금색 공간이 덜컹덜컹 흔들리고 있는 것이 아닌가.

이윽고 흔들림이 멎었기에 나는 아예 작정하고 일어나 불을 켰다. 단단히 눈을 뜨고는 제단 앞으로 나아가서 정좌한 뒤 눈을 감고 두 손을 모았다. 그리고 소리 내어, 하룻밤 편히 잠들게 해주십시오, 잘 부탁드립니다, 라고 빌고는 깊숙이 고개를 숙였다.

그대로 잠시 앉아 있자 기분이 편안해졌다. 제단 옆에 놓여 있는 술이 눈에 띄기에 잔에 따랐다. 입에 대려고 하다가 생각을 고쳐먹고 그것을 제단에 바치고, 다른 잔에 넘실넘실 부어서는 단숨에 마셔버렸다. 그러고는 다시 한 번 두 손을 모아 묵례한 뒤 일어나서 제단의 여닫이문을 닫았다.

불을 끄고 이불 속에 들어가서 조용히 눈을 감았다. 바로 전까지 사로잡혀 있던 불안감이 거짓말처럼 사라지고 불가사의한 평온함이 찾아왔다. 아무것도 신경 쓰이는 일 없이, 이윽고 감미로운 공기가 주위를 감싸고 육신이 해방되어가는 느낌이었다. 그리고 나서 어떻게 되었던가. 아마도 곧 잠에 빠져들었음이 틀림없다.

눈을 떴을 때는 이미 8시가 가까웠다. 서둘러 일어나 세면장에서 얼굴을 씻고 있자 주인인 미야마 씨가, 안녕히 주무셨습니까, 라고 말을 걸어왔다. 네, 푹 잤습니다. 좋은 아침이군요. 이 선생님, 어젯밤에는 가벼운 지진이 있었습니다만 괜찮으셨습니까? 네, 조상신께서 지켜주시리라 믿고 아무것도 걱정하지 않았습니다.

나는 돌아오는 전철 안에서 멍하니 생각에 잠겼다. 평소에는 신 따위는 믿지 않는다. 그런데 그렇게까지 신경이 곤두서고 불안해진 것은 어째서일까. 그러다가는 또 얼떨결에 어쭙잖은 짓거리를 벌이게 되고, 점차 마음이 진정되었다. 그리고 안락감을 느끼면서 깊이 잠들 수 있었던 것은 어찌된 일일까.

전쟁터의 연날리기

요즘 통 붓이 손에 잡히지 않고, 책을 읽거나 TV를 보거나 그리고 아틀리에를 어슬렁거리는 동안 하루가 지나가버릴 때가 많다. 이래선 안 된다. 오늘이야말로 그림을 그려야 한다고 생각한다.

그래서 오늘 아침은 평소보다 빨리 일어나서 우선 체조를 조금 하고 8시 전에 산보에 나섰다. 흐릿한 구름 낀 하늘. 단지의 비탈길은 학교며 회사로 향하는 사람들이나 차가 일제히 움직이기 시작하는 시간대인 듯, 허둥지둥 서두르는 모습들이 묘하게 불안해 보인다. 이런 곳에서 이런 때, 멍하니 한가롭게 걷고 있어도 되는 것일까. 문득 누군가가 문책해오는 느낌이 든다.

어젯밤은 거의 잠을 이루지 못했다. 심야 TV를 지나치게 본 탓일까. 아프가니스탄의 진흙 수렁 전쟁 다큐멘터리 프로였는데, 그중에서 얼핏 본 전쟁터의 어떤 광경이 뇌리에서 떠나지 않는다. 격렬한 총격전의 길거리 영상의 일부이다. 그 변두리의 언덕에서 어린 소년 둘이 연을 날리고 있었다. 상당히 커다란 연인 듯했으나 형태도 색깔도, 그리고 어디까지 올라갔는지도 확인할 수는 없었다. 우연히 찍힌 듯, 화면이 곧 빌딩이 폭발하는 장면으로 바뀌고 말았기 때문이다. 서둘러 채널을 이쪽저쪽으로 돌렸다 다큐멘터리로 되돌렸다 해보았지만 두 번 다시 그 장면이 나오는 일은 없었다.

환상을 본 것일까. 그럴 리는 없다고 생각한다. 통상 전쟁터란 서로 죽이는 곳이다. 총알에 맞아 죽을지도 모르는 장소이므로 연날리기 따위는 생각하기 힘든 일임에 틀림없다. 게다가 전투 와중에는 군인이 아닌 이상 안전한 곳으로 도망가든가 숨는 것이 보통이지 않은가. 그런데도 총알이 날아다니고 폭탄이 작렬하는 소리와 전쟁 연기가 자욱한 언덕에서 연을 날리고 있었던 것이다.

소년들은 언제부터 연을 날리기 시작해서 언제까지 계속한 것일까? 연날리기를 끝내고 무사히 집으로 돌아갔을까. 연날리기는 즐거웠을까 애가 탔을까, 아니면 단순히 지나친 공포로 인한 행각이었을까. 혹은 온 세계 사람들에게 뭔가를 호소하고 싶었던 것일까. 무엇 하나 알아낼 도리가 없다. 그 장면을 우연히 보고 만 나는, 속에서 쉴 새 없이 정체를 알 수 없는 것이 못 견디게 치밀어올라온다.

혹 이것은 내게만 국한된 감정일까, 라고도 생각해본다. 이렇게 말하는 것도 실은 우연이지만, 나 역시 아프간의 소년과 거의 흡사한 체험을 가지고 있기 때문이다. 한 순간의 영상 조각은 기억의 밑바닥에서 잠자고 있던, 지금도 불가사의로밖에 여겨지지 않는 하나의 사건을 깨워 일으켰다.

1950년 6월, 한국전쟁이 발발했을 때 나는 중학교 1학년이었다.

전쟁이 격렬해져서 학교는 휴교가 되고 시골로 돌아갔으나 우리 마을은 곧 전쟁터가 되었다. 그리고 낮에는 한국 국군이 지키고 밤이 되면 북한의 인민군이 점령한다. 낮에도 밤에도 이따금씩 총격전이 벌어지고, 양편 병사들은 물론 마을사람들 중에도 사상자가 늘어갔다. 언제 폭탄이 떨어질지, 어디서 총알이 날아올지 모른다. 무엇을 어찌해볼 도리도 없이 그저 전쟁이 끝나기만을 빌며 낮이나 밤이나 공포에 떨고 있을 뿐이었다.

그러던 어느 저녁 무렵, 조부는 대나무를 잘라 와서 묵묵히 피리를 만들고 있나 싶더니 밤이 되어 총성이 잦아지는 와중에 그것을 불기 시작했다. 제정신이 아니라고 가족들은 모두 조마조마해하고 있는데 인민군의 높은 사람이 나타나서 피리를 멈추라고 호령했다. 그러나 조부는 부는 것을 그만두지 않는다. 자기 아비뻘 나이인 백발노인을 어찌할 수도 없었던지 왔다 갔다 하면서 몇 마디 투덜거리더니 상을 찌푸리고 나가버렸다.

다음 날 오후, 총소리가 멎고 이상하게 고요한 무거운 공기가 마을에 떠돌고 있었다. 조부는 또 피리를 꺼내 불기 시작하는데 젊은 국군 병사가 거친 숨을 몰아쉬며 헐레벌떡 들어왔다. 피리를 말리려는가 했는데 마을 어귀 개울둑에서 아이가 혼자 연을 날리고 있다며 이 집 아이냐고 묻는다. 어머니는 아니라고 대답했으나 곧 얼굴빛이 변하며, 훈이다, 라고 외쳤다. 훈이는 나보다 두 살 어린 옆집 친구이다.

나는 소스라쳐 맨발로 뛰쳐나가 둑이 보이는 곳으로 나왔다. 훈이가 연을 날리고 있다. 푸르게 갠 하늘 저 멀리에 하얀 연이 떠 있다. 나는 가슴이 뛰었다. 허둥지둥 집으로 달려들어와 광 선반에서 연을 꺼내기가 급하게, 어머니며 병사가 말리는 것도 뿌리치고 정신없이 둑을 향해 내달렸다. 그리고 서둘러 똑같이 하얀 연을 날리면서 묵묵히 훈이와 나란히 섰다. 내 연은 실이 짧아서 훈이만큼은 올라가지 않았으나, 그래도 두 개의 연은 나란히 떠서 유유히 푸른 하늘을 수놓았다. 병사들이나 마을사람들이 보았는지 못 보았는지는 모른다.

훈이와 나는 한 시간 정도 후 연을 내리고, 또다시 달려서 각자 자신들의 집으로 돌아왔다. 다행히 그동안 총격전도 벌어지지 않고 무사히 집으로 돌아올 수 있었으나, 피리를 손질하고 있던 조부는 내 얼굴을 보자마자 무슨 위험한 짓을 하는 거냐고 큰 소리로 화를 냈다. 그리고 곧 피리를 불기 시작했다.

훈이는 며칠 후 자기 집 마당에서 총격전의 유탄에 맞아 죽었다. 그것을 알게 된 나는 미칠 것 같아 연을 꺼냈으나, 어머니에게 들켜서 둑으로 달려갈 수도 연을 날릴 수도 없었다. 이윽고 전쟁은 물러가고 나는 학교에 가기 위해 마을을 나와 도시로 향했다.

그건 그렇고, 그때 왜 연을 날렸을까. 연을 날리면서 무슨 생각을 했는지는 그때도 지금도 알 수 없다. 어쩌면 그렇게 알 수 있는 것이 아닌 짓거리일지도 모른다.

나는 소년 시절의 연 사건을 오랫동안 잊고 있었다. 어쩌다가 떠오른 적도 거의 없었다. 그것이, 어젯밤의 한순간의 영상 조각으로 인해 선명하게 되살아난 것이다. 어째서 또 그 장면이 내 눈 안에 뛰어들었는지는 여하간에, 자신의 옛 사건과 겹치어 점점 부풀어오른다. 생각할수록 가슴이 저리고 주변 풍경까지도 수수께끼로 비친다. 마치 내가 아프간의 언덕에 서 있는 듯한 환각마저 느끼는 것이다.

산보에서 돌아와 가볍게 아침 식사를 마치고 천천히 물감이며 붓을 정리하거니 틀에 쳐놓은 커다란 캔버스를 눕히거니 하며 제작 준비를 마쳤다. 구름이 걷히고 맑은 날씨가 된 탓인지, 캔버스가 한층 더 팽팽해지고 흰색이 더욱 선명하다.

의자에 앉아 30분 정도 심호흡을 하고 있으려니 이윽고 마음이 차분해졌다. 단지는 평화롭고 고요에 잠겨 있다. 항상 오는 빨래 막대기 파는 차가 근처를 지나는 듯, 예의 그 아주머니의 "대나무 빨래 막대기—" 하고 유유히 뽑아내는 맑은 억양이 울려 퍼진다. 한가롭게도 구슬프게도 들리는 그 믁소리에 뭔가 숙연한 것을 느끼지 않을 수 없다.

그림을 그려야지, 하고 나는 붓을 들고서 하얀 캔버스 앞에 섰다.

Ⅲ. 예술의 주변

4분 33초—존 케이지에게

연주회에 갔다.

자그마한 홀에는 학생이 많았고 음악, 미술, 문학 관계자 등 주로 예술을 좋아하는 젊은 남녀들로 북적대고 있었다.

이윽고 연주회장은 희미하게 어두워지고 피아노가 있는 무대 언저리만이 환하게 빛으로 둘러싸인다.

얼마 후 검은 연미복 차림의 연주가가 무대에 나타난다.

박수 소리가 회장에 울려 퍼진다.

그는 관객에게 가볍게 고개를 숙인 후, 어정쩡한 몸짓으로 피아노 앞의 의자에 앉는다.

커다란 그랜드피아노 건반을 잠시 바라보는가 싶더니, 미리

피아노 위에 올려져 있는 주먹만 한 시계를 손에 집어 든다.

시간을 세팅하고 원위치로 돌려놓은 다음 두 손으로 피아노 뚜껑을 천천히 조용하게 닫았다.

양손을 무릎에 놓고 등을 꼿꼿이 세우고, 얼굴을 차분하게 앞을 향하고 약간 눈을 내리깐다.

어느새 회장에 침묵이 흐른다.

그러는 동안 밖에서 바람이니 자동차 소리가 벽을 넘어 침입하고, 객석에서 누군가가 기침하기 시작한다.

밖과 안의 잡음이 뒤섞여 적막감은 깨지고 점차 술렁거림이 커져간다.

시계가 4분 33초에 멎자 연주가는 두 손으로 정중하게 피아노 뚜껑을 열었다.

흑백의 건반이 빛 속에서 아름답게 가지런히 줄지어 있다.

연주가는 한 템포 후 자리에서 일어나 객석을 향해 가볍게 머리를 숙인다.

관객들의 박수를 받으며 그는 어정쩡한 발걸음으로 무대를 떠났다.

그리고 회장은 밝아지고 모두는 다음 곡명의 연주를 기다렸다.

그림이 그려지지 않는 날

왠지 모르겠지만 어지간히 그림이 그려지지 않는 날이 있다. 화창한 맑은 날씨에 몸의 컨디션이 좋고 들뜬 기분이 될 때에 한해서 대체로 위험하다. 오늘이야말로 기필코 작업을 하리라 하고, 학교 강의까지 쉬고 가족들도 내쫓고 전화가 울려도 절대 받지 않는다.

아틀리에로 들어가 난로를 켜기도 하고 물감이며 붓을 준비한다. 그리고 밑칠을 끝낸 커다란 캔버스를 바닥에 펼친다. 커튼을 연 남쪽 전면의 유리창으로부터 마구 햇빛이 쏟아져 들어와 캔버스가 유난히 반짝인다. 갑자기 단지 내의 인기척이 사라져 버린 듯한 고요함이 마음에 걸린다.

스케치북을 펴고 이것저것 밑그림을 바라보거나 메모를 훑어본다. 드디어 붓을 손에 들고 걷기 시작한다. 어디서부터 시작할까. 천천히 하얀 캔버스 주위를 돌고 있으면 나까지 하얗게 하얗게 물들어 가는 것이다. 이대로 완벽한 광경 그 자체다, 하고 문득 생각한다.

정신을 차려보니 아틀리에에서 빠져나와 커튼을 쳐 놓은 어두컴컴한 부엌에 있다. 그리고 찬장 안에서 하나하나 와인 잔을 꺼내 어딘가 손때라든가 사람 입술 자국 같은 것이 묻어 있지 않나 필사적으로 들여다보면서 냅킨으로 열심히 닦는다.

그리고는 다시 정신이 들어보니, 나는 집에서 이십 분이나 걸어야 하는 빌딩 지하의 어둡고 지저분하고 왁자지껄한 찻집에 있다. 마치 넋 나간 듯한 몰골로 진흙탕 같은 커피를 몇 잔이고 홀짝거리고 있는 것이다.

아틀리에

구름 한 점 없는 화창한 날씨다. 마당에서 간단한 체조와 심호흡을 하고 이층 아틀리에로 들어간다. 전등을 켜고 남향 커튼을 꼭 닫고 북측 블라인드를 단단히 내린다. 약간 어두운 느낌이지만 곧 눈에 익숙해지리라.

나는 때때로 이렇듯 대낮에 태양 광선을 차단하여 어슴푸레한 전등 밑에서 그림을 그린다. 언제부터 이런 버릇이 들었을까. 다만 이렇게 하는 편이 정신이 산만해지지 않고 훨씬 안정되게 느껴진다. 사물이 너무 잘 보이면 그곳의 소중한 뭔가가 사라져버린다. 그리고 지나치게 선명한 곳에서는 자꾸만 내 자신도 드러나기 십상이라 붓이나 공간을 망쳐버린다. 이런 전등 밑에 있으면 굳이 저 동북아시아의 부처님들처럼 눈을 반쯤 감지 않아도 모든 것이 아련하게 서로 녹아나 자신마저 사물들과 함께 있는 느낌이다. 상상력이 요염하게 날개를 펼친다. 하얀 캔버스 위에 아롱아롱 그림과 붓과 공기가 서로를 부르면서 춤추며 모여든다.

가스통 바슐라르는 위대한 역사는 모두 램프나 촛불 아래에서 쓰여졌다고 말한다. 그 미세한 공기의 떨림 아래서 광대하고 엄청난 역사가 쓰여져 가는 모습을 알 것 같기도 하다. 램프나 촛불의 흔들림 속에 생각이나 마음의 바이브레이션이 겹치고 그 파장이 방에서 거리로, 현재에서 과거로 끝없이 퍼져 나갔으리라. 사물이 사물을 낳고, 사건이 사건을 부르고, 펜이 펜을 불러들여 무한히 증폭을 계속하는 세계가 거기에 있다.

플래닝은 계기에 지나지 않는다. 마치 바둑을 두듯 이쪽에 기합이 들어가면 저쪽이 긴장하고, 저쪽에서 부딪쳐 오면 이쪽이 되받아친다. 그리고 화면을 이끌어내면서 공간을 제어하고, 공간을 드러내면서 화면을 진정시켜 간다. 화면과 공간이 녹아들면서 아로새겨지는 와중에 혼연히 회화라는 세계가 펼쳐진다.

일필일획一筆一劃마다 긴장과 해방이 생겨나고 다음의 일필일획을 불러내면서 새로운 세계를 예감한다. 나의 그리는 행위는 잘 나가고 있을 때일수록 이러한 격렬과 평온의 연쇄나 호응 속에서 이루어져 전개된다. 화면의 각 요소가 깊은 연관성의 자각으로 뒷받침되면 될수록 그림은 먼 미지의 것들을 많이 함유한다. 그것은 완성된 그림이 이쪽의 일방적인 의미 부여를 벗어나 저 불가사의한 미명 아래에서 배양된 세계이기 때문이라고 할 수 있겠다.

나의 그림은 사물 하나하나의 의미가 지나치게 잘 보이는 백일하에서는 거의 불가능에 가깝다. 그렇다고 해서 너무 어두우면, 거기가 소위 분위기의 바다가 되어 그림도 공간도 모두 빠져버리고 만다. 그리고 붓은 일필일획의 대응이나 반발을 잃고 공허한 변죽만 울릴 뿐이다. 나의 표현극은 빛과 어둠의 겨룸 속에서 이루어지는 것을 즐긴다. 아틀리에의 전등 아래는 나 자신도 잘 모르는 사이에 극이 탄생하는 언제나 미지의 무대이다.

캔버스에서 물러나 커튼을 열고 블라인드를 올리면 대개는 진짜 저녁 어둠이다. 시시각각으로 색깔을 바꾸는 자연의 그것은 지나치게 엄숙하고 너무나도 위대하다. 나는 표현은커녕 어

찌할 바를 모른 채 몸 일체를 그것에 맡길 수밖에 없다. 미소를
띠고 술을 들이키면서 헤아릴 수 없는 세계로 조용히 빨려들어
가는 것이 고작이다.

일기에서

흐린 하늘 아래, 텅 빈 오후의 마당가에서 우두커니 낮닭이 울고 있다. 아무것도 손에 잡히지 않아 아틀리에를 어슬렁거리는 동안 또 하루가 지나간다.

풍족한 나라에 사는 데 익숙해져서 집에서는 가족들과 희죽희죽, 시내에 나가서는 화랑이다 술집이다 껄렁이며 보내는 나날. 캔버스를 마주해도 그림다운 그림 한 장 그릴 수 없고 가슴속에 휑하니 공동空洞이 커져 갈 뿐이다.

텔레비전을 켜니 아득한 텐산 산맥을 넘어 모래바람 휘몰아치는 폐허의 도시를 가는 긴 나그네 행렬이 비친다. 실크로드……. 의지가 있고 꿈이 있고 투쟁이 있고, 그리고 삶이 있고 죽음이 있다. 나의 나날에서는 너무나 먼 장엄한 세계다.

무엇 하나 생생해 보이지 않는 일상의 진흙탕에 푹 잠겨 도대체 그 어떤 목숨을 건 꿈을 그린단 말인가.

마당에 나와 문득 발밑을 내려다보니 작은 개미 떼가 어디에서 어디로 무엇을 하러 가는지 장대한 열을 지어 흔들리고 있다. 개미에게도 실크로드가 있는 걸까.

별안간 정체를 알 수 없는 광기가 치솟는다. 까닭도 없이 개미의 행렬을 수라장으로 짓밟고 또 짓밟고, 날뛰는 기분을 달래면서 아틀리에로 들어온다.

커다란 흰 캔버스를 바라보고 있노라니 왠지 오늘 밤은 격렬한 폭풍이 불어칠 예감이 든다. 붓을 쥐고, 눈이 핑 돌 것 같은 독한 술이라도 들이키고 홀연히 밤이 오는 것을 기다리기로 하자.

낚싯대를 찾아서

근년 들어 나는 비교적 자신의 작업에 열심이었다고 생각한
다. 작년 구월의 도쿄화랑 개인전(1973년) 이래로는 크고 작은
50여 점 정도의 작품밖에 해내지 못했지만, 그래도 최근 몇 년간
거의 매일같이 마구 뭔가 그렸다 지웠다, 만들다 부수다 해왔다.
잘도 참 질리지도 않고서, 라는 말을 들을 법하지만, 오히려 그
런 것을 생각할 틈도 없을 정도로 필사적이었다고 하는 편이 맞
을지도 모른다.

팽팽하게 발라진 창호지처럼 틀에 붙인 장지ㅋ本 和紙 위에,
붓에다 물을 묻혀서 끝없이 구멍을 뚫어보기도 하고, 두꺼운 판
자로 패널을 짜서 아슬아슬한 가장자리 끝까지 끌로 힘껏 표면

을 도마처럼 새겨보기도 하고, 아교로 녹인 안료를 붓에 먹여 그것이 닳아 없어질 때까지 캔버스나 종이에 점을, 또는 선을 단숨에 그려보기도 하고…….

어느 것이나 실로 하잘것없는 소꿉장난이라고 할 수밖에 없다. 스스로도 어엿한 대장부의 작업치고는 너무나도 면목 없는 짓거리 같아 멈칫 부끄러워지기도 한다. 생각건대, 지금까지 여러 곳에서 떠들어대고 다녔다. 저 돌이며 유리며 철판을 이용한 작품 따위도 본인이 목에 힘준 셈치고는 기실 어리석기 짝이 없는 허튼 짓거리에 불과했던 것은 아닐까?

역시 장소가 문제다, 구조다, 일회성인 고로 반복이다, 시간이란 술어述語를 말하는 것이다, 등등으로 떠들어대봤자 실제로 그것이 내 전 존재 양식과 얼마만큼 밀착된 철리哲理인지 알 도리도 없다. 그렇다면 정말로 나는 뭔가에 조종당하여 이렇게 떵떵거리기도 하고 떠벌리기도 해온 것인지 영문을 알 수 없게 되어버린다.

이런 식으로 생각하게 되는 것도, 어쩔 수 없는 잡무 때문에 지난 두 주일쯤 작업을 쉬는 동안 불현듯 자신이 해온 일이 갑자기 바보처럼 비쳐졌기 때문이다. 어쩌면 내가 하고 있는 짓은 혹시 쓸데없는 허탕은 아닐까. 요컨대 해도 안 해도 마찬가지라면 차라리 집어치우는 게 어떨까? 의외로 이대로 작업을 그만두게 되는 건 아닐까 하는 희미한 불안마저 느끼면서 두 주째 되던 어느 날, 아무튼 나는 일단 작업실로 나가보았다.

없다. 작업실이 집째로 깨끗하게 사라져버려 내 작품 따위는 그림자도 흔적도 찾아볼 수 없는 것이다. SF의 세계도 아닌 것. 망연자실하여 공터에 붙박혀 서 있노라니 갑작스레 현기증이 일어나 그 자리에 털썩 주저앉고 말았다. 작업실, 곧 아틀리에로 사용하고 있었던 것은 이 년 전쯤에 공짜로 빌린 신주쿠 역 근처의 빈 집이었다. 집주인은 애초부터 올해 이월 말에는 부술 테니 그전에 치워 놓으라고 했었다. 그런데 이월이 지나도 부수려는 기미가 없어서 그대로 안심하고 사용했더니 이 꼴이다. (나중에 들은 이야기지만 집주인은 당연히 내가 이미 짐을 정리해서 철수한 것으로 생각하고 있었고, 해체업자의 사정으로 계속 미루다가 오월 말일을 기해서 단숨에 부순 모양이다. 해체업자 왈, "이런 빈 집에 뭐가 뭔지 알 수 없는 것들이 온 방 안에 흐트러져 있어서 좀 놀랐지만, 아무튼 전부 사이타마埼玉의 강변까지 운반해서 석유를 끼얹어 태우기도 하고 인부를 시켜 때려 부수느라 고생 좀 했지요.")

이리하여 최근 몇 년간의 주된 작업의 대부분이 별안간 이 지상에서 자취를 감추고 만 셈이다. 아무리 "이럴 수가 있나! 자업자득, 이건 정말 내가 하던 작업 그 자체의 의미나 세계를 고스란히 그대로 말해주는 거라구, 하하하" 하고 웃어보아도 마음은 어쩔 수 없이 허무할 뿐. 어떤 일정 기간의 걸음의 시간대가 무로 돌아가버려, 발자취는커녕 정녕 그동안의 공간 자체가 환상에 지나지 않았던 부재不在의 현실로 화해버린 것 같은.

나는 빈 터의 쓰레기 더미나 흙을 파헤치며 뭔가를 찾아내려 애썼다. 나의 숨결, 손길의 한 조각이라도 어딘가에 잠들어 있을지도 모른다는 미련이 남은 행동인 것이다. 이따금씩 붓이며 아교통이며 끌이며 그런 것들이 불쑥 눈에 들어온다. 그러나 그때마다 움찔하기만 할 뿐, 어찌된 것인지 얼른 얼굴을 돌려버리고 싶어져 도무지 그것을 주워 들 기분이 나지 않는다. 전에는 나와 불가분의 관계에 있었던 물건들이 이제는 아예 생판 남으로밖에 느껴지지 않는다. 아니, 기분이 이상한 살아 있는 시체 같은 것들로도 보인다.

이미 다 끝난 거야, 라고 생각하면서도 그 후 나는 이틀 동안 세 번이나 그곳을 찾았다. 그리고 그 사흘째 되던 날 또다시 그 장소에 섰을 때, 당분간은 작품 만드는 일을 그만두려고 결심했다. 그래서 그 길로 나는 결연히 낚시 도구를 찾아 곧장 백화점으로 향했다. 하필 왜 낚시 도구인가 할 정도는 아니지만 내게는 그것이 언제나 간직해두었던 꿈이자 소망이었기 때문이라고나 할까. 이도 저도 다 떨쳐버리고 오랜만에 바다에라도 나가서 낚싯대를 드리우고 멍하니 지내보고 싶다. 될 수 있으면 물고기가 없는 바다 쪽이 번거롭지 않아서 좋다. 백화점을 나와서 네 군데나 낚시 도구 점을 뒤졌지만 도무지 이거다 싶은 낚싯대가 눈에 띄지 않는다. 저녁 어둠 속에서 텅 빈 손을 물끄러미 바라보고 있자니 형용할 길 없는 슬픔만이 한없이 치밀어 올라오는 것이었다.

그날 밤, 귀로에 오른 내 짐 속의 내용물로 말하자면, 낚싯대 아닌 캔버스였고 물감이었으며 붓이었다.

헤맴

　세로로 긴 사각의 커다란 흰 캔버스. 하단 가장자리를 따라 시커멓게 굵은 귀얄의 선이 달리고, 오른편 중앙부에 크고 작은 점인지 선인지 분간키 어려운 것이 몇 군데 흩어져 있으며, 또한 왼쪽 상단으로부터 오른쪽 아래를 향해 귀얄이 스쳐간 흔적이 희미하게 보일 듯 말 듯하다. 이 그림을 멍멍히 바라보고 있던 아버지는, "대갈장군의 낙서라나" 하고 중얼거렸다. 익살스런 장난짓거리로밖에 보이지 않는 모양이다.

　사람은 자신의 관심사나 눈높이 이상의 것을 가려볼 수 있는 능력을 가지는가 어떤가. 아버지 같은 시골 노인이 아니더라도 도쿄의 유명한 화랑 주인조차, "자유분방한 지고의 경지인지

196

허점투성이의 처절한 좌절인지 판단을 못 내리겠어. 최근 작품은 보는 사람을 당혹하게 만들어" 하고, 대단히 걱정스러운 듯이 말했던 것이다. 또 어느 날 찾아온 비평가 선생은, "이건 대단하다. 이런 그림을 그리고 싶어지는 기분을 알겠다. 이 구도는 고뇌의 심상이 잘 드러나 있어 훌륭하다"라는 둥 마구 칭찬을 늘어놓고선 돌아갈 때가 되자, "일이 잘 안 풀릴 때는 좀 쉬는 것도 나쁘지 않을 거요" 하고 격려해(?)주었다.

지난 일이 년간, 비평가나 수집가, 화가 친구들 등 많은 사람들이 드나들었으나, 이건 좋은 작업이라고 제대로 알아주는 사람을 만난 적은 거의 없다. 하기야 작업자인 나 자신조차 아무리 애써도 그렇게 된다는 것일 뿐, 정말로 알고 한다고 말할 자신이 있는지 어떤지. 본인도 확신하지 못하는 것을 남이 알아줄 리 없다고 항상 자신에게 타이르고는 있다.

최근의 내 그림은 확실히 표면적으로는 난잡하게 붓을 놀려 물감을 흩트린 것에 지나지 않는다. 캔버스 여기저기에 물감을 묻힌 붓이나 귀얄로 뚝뚝 끊어진 선을 긋거나 갖가지 점을 찍는다. 또, 붓을 캔버스에 문지르거나 하여 물감을 닦아내고 있는 것 같기도 하다. 그림 비슷한 것은 이런 식의 흔적 외엔 아무것도 없다. 언뜻 보아서는 종잡을 수가 없어 장난질로 치부되는 것이리라.

하지만 이 그림이야말로 일종의 절대적인 질서감 없이는 그릴 수 있는 게 아니다. 아슬아슬하게 치달은 통찰이나 결정적인 논리의 산물이라 해도 좋다. 캔버스의 어딘가에 확연히 한 획을 내리찍으면 그로써 단연 화면이 생동하기 시작한다. 그리고 다음은 또 앞의 한 획에 호응이라도 하듯 있어야 할 자리에 저절로 한 획을 낳는다. 때로는 격하게 때로는 부드럽게, 정신의 광휘와도 같은, 물질의 에센스 같은 온갖 표정을 띠면서 그야말로 그림으로밖에 나타낼 수 없는 세계의, 뭐라 형언하기 힘든 도상圖像이 이루어져 간다. 잘 나가고 있을 때에는 마치 바둑의 명인끼리 긴장감 넘치는 멋진 판을 벌리듯이, 순서의 흐트러짐 없이 균형 잡히고 밀도 높은 화면을 구성해낼 수가 있다.

그러나 이것은 아무리 탐구를 거듭하고 경험을 쌓아도 어렵기 그지없는 작업으로서, 미숙한 산 몸의 인간인 탓인지 여간해서는 멋들어지게 맞아떨어져주지 않는다. 붓이 갈 곳을 잘못 가거나 물감이나 붓의 조화가 맞지 않아 어딘가에서 컨셉과 물질이 분리되기 십상이다. 밑바닥에 내적인 필연성이 떠받치고 있는 그림은 생생하게 살아 있지만, 도중에서 주춤하거나 무리하게 만들어낸 그림은 시체와도 같아서 그야말로 엉터리 흙장난이다. 붓의 움직임 하나하나, 물감 한 방울 한 방울이 진정 내 자신의 생명의 사활 현상인 셈이며, 따라서 내게 있어서 그림이란 이들 요소에 의한 화면의 기운氣韻 없이는 성립하지 않는 세계이다. 이런 생각을 무시하면 그림을 그릴 필요는 없고 차라리 문학이라도 상관없지 않을까 생각한다.

내 그림에 있어 최근 다소 바뀐 점이라고 한다면, 붓의 자유로운 움직임, 그리는 순서의 응변, 보다 내재화돈 화면의 짜임새 등일까. 한층 높은 차원, 엄격한 질서감이 요구됨에 따라 시스템이 점점 그림 뒤로 숨어버리기라도 했다는 것일까. 이에 따르는 시각과 구성에 얽힌 점이나 선의 복잡한 양상이 특히 보는 사람을 당혹하게 하는지도 모른다. 한 가지 패턴의 이미지가 완성되면 사람은 그것을 불변한 상태로 믿고 싶어 하는 모양이다. 나는 지난 십여 년간, 캔버스에 흐트러짐 하나 없는 적을 가득 찍어 가거나 똑바른 선을 그어 늘어놓거나 하여 누구의 눈에도 그것이라 알아볼 수 있는, 시스템을 점점 죄어 가는 그림만을 줄곧 그려 왔다.

그러나 도쿄의 두 화랑에서 큰 개인전을 연 80년 가을을 경계로 하여 아틀리에에서는, 단숨에 점이나 선을 흩트린 것 같은 그림을 시도하기 시작했다. 그리고 81년 여름부터 이 경향은 본격화되어 이제는 거의 질서 정연했던 기존의 작업을 하지 않게 되었다. 점선 시리즈가 완결된 것도 싫어진 것도 아니고, 작업을 하는 동안 저절로 그렇게 되어버렸다고 할 수밖에 없다. 본질적으로는 그다지 변하지 않았다고 말하고 싶은 바이다. 아니, 사실은 그렇게 그럴싸한 말 따위는 할 수 없다. 점선이 흐트러져 간다고 느꼈을 때부터 내 정신 상태는 격렬한 내적 갈등으로 얼마나 흔들렸던가. 몇 번씩이나 종래의 패턴에 가까운 화면으로 되돌리려고 캔버스에 맞서보기는 했다. 스케치북에 그린 에스키스를 펼쳐보거나 캔버스에 엷은 연필로 표시를 해두기도 했지만, 막상 본격적으로 그릴 때가 되면 붓은 마법에라도 걸린 것처럼 조금씩 다른 위치를 향해 빗나간다. 때로는 전혀 다른 것이 되기도 하여 그쪽이 훨씬 그럴 듯해 보이지만 처음 머릿속에서 그린 구도와 맞지 않으므로 이걸 어찌 하면 좋을지 판단이 서지 않는다.

점과 선이 흐트러져 가면 갈수록 불안은 커지고 자신이 하고 있는 짓에 의심이 들기 시작하는 것이다. 밤에는 거의 잠을 이루지 못하고 위에 통증이 느껴져 꽤 여러 병원을 찾아다녔다. "당신 같은 사람은 어차피 의사를 신용하고 있지 않을 테니, 쓰러지는 한이 있더라도 병원에는 오지 말고 자기 일에나 열중하는 편이 건강에 좋을 겁니다"라고 말해준 의사를 만난 다음, 병원 다니는 것을 집어치웠다. 그런데 이번에는 집 뜰의 나무와 돌의 위치가 마음에 걸리기도 하고, 테이블 위에 놓여 있는 컵과 책의 관계가 부자연스럽게 생각되어 그것들을 몇 번씩이나 바꾸어 놓아보았던지. 내 화면 논리에 비추어 볼 때, 장소, 위치, 모습, 크기 등 모든 것이 너무나도 들쭉날쭉에다 관계가 애매한 것으로 비치는 것이다. 몇 번씩이나 자리를 옮기고 가위질을 하는 동안 뜰의 나무는 두 그루나 말라버렸고, 개의 모습, 앉음새, 걸음걸이 따위를 고치려고 털을 깎거나 걷어차거나 하는 사이에 개는 드러눕게 되어 가족들은 내 쪽이야말로 엉터리라며 거의 미치광이 취급이다.

그러나 그러는 동안에도 제작은 조금씩 진행되어 장마가 걷힐 무렵부터 급격히 작품의 양도 늘어났다. 이제는 도저히 주변일 따위에는 신경 쓸 겨를도 없을 만큼 바빠서 머리보다도 우선

붓에 신용을 두게끔 되었다. 아직 누군가를 납득시킬 정도로 결정적인 것도 찾지 못했고 나의 내부에서조차 무엇 하나 결판이 났다고도 생각되지 않지만, 예전의 질서 정연한 그림으로 뒷걸음치기에는 이미 너무 멀리 와버린 것 같다. 이제 와서는 고립무원 속에 서게 되더라도 나는 아틀리에의 그림이 나아가는 길과 더불어 계속 걸어 나갈 수밖에 없을 것 같다.

예술적 재능

라파엘로의 그림은 지나치게 반듯한 미인처럼 가지런하고 무미건조하다. 이런 파탄 없는 신기神技를 연상케 하는 작품을 천재의 작업이라고 하는 것일까. 〈아름다운 여정원사〉나 〈아테네의 학당〉에서마저 좌절을 모르는 능숙한 장인의 솜씨를 자랑한다. 붓은 기계처럼 정확하고, 그 구성은 신의 ㄴ라처럼 흔들림이 없다. 도저히 살아 있는 인간의 손으로 그린 것이라고는 생각되지 않는 것이다.

나는 모차르트를 들을 때마다 이와 비슷할 정도로, 아니 더욱더 완벽함을 느낀다. 지휘자나 연주자에 따라 상당히 다른 음색이 되는 경우도 있으나 그것도 한계가 있고 드문 일이다. 모차르트는 본질적으로 신들린 사람이라고 생각한다. 음의 고저장단이나 그 배치 구조는 어김이 없고, 멋지게 계산된 정합성에는 더할 말이 없다. 언뜻 자유분방하게 보이는 〈마적〉을 비롯, 몇몇 가극조차 그 전체를 다스리며 밑바닥에 흐르는 것은 먼지 하나 묻지 않은 천상의 순수음이다. 그런 한에서 모차르트의 곡은 미래의 컴퓨터 연주에 안성맞춤이라 확신한다.

요컨대 모차르트는 예술가가 아니라 타고난 천성의 장인이었다는 것이다. 따라서 그에게서 예술가의 음을 듣는다기보다는 정교한 로봇 같은 재능을 대하고 있는 듯한 느낌이 든다. 거기서 울리고 있는 것은 각자의 존재성을 가지는 음표끼리의 화음이 아니라, 작곡 이전부터 이루어져 있다가 무조건적으로 내보내지고 있는 듯한 음률이 아닐까. 로맨틱한 음이라 말들 하지만 인간의 영위와는 다른 차원의 것이라고 할 수 있을 것 같다. 그 수많은 바이올린이며 피아노 곡, 대표적인 교향곡 40번이나 41번 등은 취해서 자신의 흥을 돋울 때는 좋지만, 깨어 있거나 생각에 잠겨 있을 때에는 참말 따분하고 싱겁지 않은가.

나는 예술이라는 것은 좀 더 인간적인 더듬거림의 산물이라고 본다. 따라서 작품은 아무리 자연을 가장해도 어딘가 부자연

스럽고 불투명함이 따라다니는 것일 터. 하나의 풍족하고 지고至
高한 공간을 구가한다 하더라도 뭔가 불필요한 것이 섞이거나
어딘가가 빠져 있거나 하는 것이 당연할 것이다. 커다란 통일 속
에서도 곳곳에 파탄의 냄새는 떠도는 법이다. 오히려 매끄러운
음조 속에 숨겨진 방해 요소의 작용을 내포함으로써 비로소 그
것은 생명을 가진다. 예술가는 덮쳐 오는 듯한 힘에 겨운 것의
존재를 앎으로써 참된 신념과 회의와 겸허함을 배우는 것이다.

예술은 인간을 온갖 만남의 세계로 이끈다. 갖가지 협잡물
의 도움이 없다면 이 까다로운 것들의 결합체인 인간을 한결같
이 전율시킬 수는 없다. 따라서 거절을 포함하지 않는 번지르르
한 것들로 조화된 작품은 살아 있는 인간과 관계 맺기 힘들 뿐더
러 거짓스럽고 얄팍하며 시시하다. 예술가의 재능은 신들린 완
벽함이나 배제의 논리에 의해 발휘되어야 하는 것과는 다르다.
그것은, 어떠한 애매함과 모순을 끌어안아 어떻게 인간과 공명
하는 세계를 짜 맞출 수 있는가의 역량이라고 생각한다.

연주

    언젠가 정경화의 연주를 들으러 갔다. 무대에 선 그녀는 여독 탓인지 무뚝뚝한 표정에 몸이 굳어 있는 것처럼 보인다. 그날의 메인 곡은 그녀의 장기로 되어 있는 시벨리우스의 바이올린 콘체르토. 절제된 지적이고 세련된 음색은 때때로 주춤하는 것 같이도 들렸지만 딱딱한 콘크리트 벽과 정연하게 배열된 의자들의 공간이 한층 선명하게 보였다.

    곡이 끝나자 동행했던 친구는, 그녀로서는 드물게 냉정한 좋은 연주라고 칭찬한다. 하지만 나는 아무래도 흡족하지가 않다. 정확히 연주하고 있어 대단하다고는 생각되지만, 음의 뻗침이 약하고 발랄함이 부족했다. 그 때문인지 쭉 일정한 거리에서

의식적으로 소리를 분별하고 있었던 것 같은 느낌이 든다.

　며칠 후, 또 갔다. 그날 밤은 뭔가 좋은 일이라도 있었는지 그녀는 처음부터 신바람에 차 있다. 같은 곡인데도 그녀가 연주를 하고 있다기보다 음악이 그녀를 연주하고 있다. 그녀는 무당처럼 몸을 떨고, 울려 넘치는 음률은 폭풍과 같은 감동을 불러일으키며 온 연주회장 전체를 휩쓸었다. 곡이 끝나자 관객들은 모두 일어서서 환성을 질러 정녕 도취경을 방불케 했다.

　그러나 청중들이 빠져 나간 후에도 나는 자리에 앉은 채였다. 연주를 하는 사람도 듣는 사람도 신들린 것처럼 음악의 내부로 빨려들어가 넋 나간 상태가 되는 것이 유쾌하지 않다. 이래서는 곤란한 것이다. 저것도 아니고 이것도 아닌, 좀 더 다른 연주는 없는 것일까.

하얀 종이

때 묻지 않은 새하얀 화선지는 예감으로 차 있다. 맑게 팽팽히 펴진 피막의 처녀성은 너무나도 지나치게 도발적이다. 가볍고 부드러운 그 감촉은 나를 미치광이나 폭력배로 만드는 것이다.

어릴 적부터 벽에 발려진 새 종이를 보면 신이 나서 손톱을 세우고 마구 달려들곤 했다. 부끄럼쟁이 누나가 새로 창호지를 바르거나 했을 때에는 가슴 두근거리며 손가락에 침을 묻혀 여기저기 살짝 구멍을 뚫고 다니곤 했다. 그런 주제에 누나의 살결을 생각나게 하는 함초롬한 화선지에 의미 있는 듯이 글씨나 그림을 그리는 어른을 보면, 억지로 욕을 보여 그녀를 차지하려고 기를 쓰는 것 같아 참으로 불순하고 혐오스럽게 생각되곤 했다.

이러한 유아 체험은 나를 종이 편애자로 몰아갔고 욕구 불만 덩어리로 만들었다. 아무것도 그려져 있지 않은 거대한 장지를 전시회에 출품하여 미술관 바닥에 깔고는, 드러눕기도 하고 바람에 날리는 대로 너덜너덜한 쓰레기가 될 때까지 갖고 논 적도 있었다. 발랐다가 찢었다가, 뚫었다가 긁었다가, 문질렀다가 비틀었다가, 폈다가 접었다가, 그리고 먹을 묻혔다가 물감을 칠했다가, 여태껏 내 식대로의 상냥한 폭력을 있는 힘껏 휘둘러 오고 있다.

이러한 행위는 실로 남에게 자랑할 수 있는 표현과는 거리가 먼 비밀 의식에 가까운 것일 터이다. 오히려 금지된 영역이며 숨어서 즐기는 뒤가 켕기는 행위였을 터이다. 그것이 어느 사이엔가 제작이란 이름으로 불리고, 예술이라는 세계에서 인정받고, 화랑이나 미술관으로 끌려 나와 완전히 구경거리가 되어버린 것이 아닌가.

내게 걸려든 종이는 어딘가 나의 냄새에 물들고, 나 또한 얼마간 종이 빛깔로 물든다. 종이와 나의 이 상호 간의 겹침, 물듦이 내게 이루 말할 수 없는 엑스터시를 가져다준다.

세상은 희한하게도 그것이 글씨나 그림으로 채워지거나 갈기갈기 찢긴 모습이더라도, 오히려 그래야만 훌륭한 '종이님' (일어에서 '종이님'과 '하느님'은 똑같이 '가미사마'로 발음되는 동음어)이란 듯이 고맙게 받들어 모시려는 호사가도 있는 것 같다. 나보다도 더 야비한 눈초리로 이 상처투성이 종이를 언제까지고 즐거이 범할 작정인 모양이다. 때로는 돈을 내고 시간을 들여서까지 그녀를 손에 넣고자 기다리거나 찾아 나서는 일조차 있는 듯하다. 내게 물든 만큼이나 종이 쪽 또한 한층 정체불명의 사물이 되어 보다 풍부하고 요사한 표정을 드러내고 있음이 분명하다.

누나도 그 창호지 방도 모두 깊은 무의식의 바다에 잠긴 지 오랜 지금, 아이러니컬하게도 나는 종이를 찢어발기거나 종이에 글씨며 그림을 그리는 전문가가 되어 있다. 그리고 이 구경거리가 된 종이를 주저 없이 죄다 화랑이나 미술관에 늘어놓고서, 밥을 먹고 이름을 높이려고 기를 쓰며 애쓰고 있다.

그건 그렇다 쳐도 아직도 나는 아름다운 종이에 눈이 멀어 상냥하게 덤벼드는 것을 멈추지 않는다. 나이가 들수록 예감은 더해가고 종이와 사귀는 기쁨이 점점 더 커지기 때문이다. 나만

큼 깊이 종이를 위로하고 사랑하는 이는 달리 없다고 한결같이
믿고 있는 셈이다.

목판을 새기면서

겨우 6밀리미터 두께밖에 안 되는 기껏해야 엽서 크기의 판화판대기. 며칠이나 전부터 작업대에 놓여 있는, 언뜻 보아 아무 색다를 것도 없는 판자 조각이 오늘은 묘하게 마음에 걸린다. 스탠드 불빛을 받아, 어슴푸레한 방 안에서 거기만이 환히 떠올라 있다. 끌날이 요염하게 빛난다. 그러면, 하고 나는 작업대 앞에 앉아 매끈한 판면을 찬찬히 바라본다. 먼 기억의 밑바닥에서인 듯, 그러나 확실치 않은 어떤 광경이 눈앞에 떠오른다.

오른손에 끌을 쥐고 왼손으로 판을 누르며 사각사각 파 나간다. 조심스럽긴 하지만 여기라고 생각되는 곳에는 가차 없이 끌을 댄다. 날카로운 날 끝에서 반짝이는 나무 부스러기가 온 사방에 흩어져 간다.

뭔가 아득한 태고의 세계를 꿈꾸는 발굴 작업 같다. 얄팍하고 조그만 새 판자 조각 안에서, 나는 몇 억 년이나 잠들어 있었던 역사라도 캐낼 작정인가. 설마. 아니, 실제로 한 번 팔 때마다 뭔가가 보일 듯 숨는 듯하지 않은가. 이대로 간다면 오늘 밤에도 내일도, 또 그다음 날에도 멈춰질 것 같지가 않다. 이런 일을 계속해 가면 이윽고 판자는 바닥이 뚫리고 마침내는 끌 끝에서 사라져버리리라. 나는 그 후에도 여전히 끌날을 번쩍이며 텅 빈 공허 속을 언제까지나 파고 있을 것 같은 기분이다.

그런데, 이다. 어느 시점에서부터인지 뭔가 헤아릴 수 없는 흔적이 눈앞에 나타나 파내야 할 대지가 문득 사라지고 없음을 깨닫는다. 내릴 곳을 잃어버린 끌과 나는, 이 어처구니없는 현실 앞에서 그저 망연히 어정거릴 뿐이다.

흙에 이끌려

흙으로 오브제를 만들기 위해 가마에 다니고 있다. 입자 고운 점토를 양손으로 천천히 주무르고 있으면 그 감촉이란 이루 말할 수가 없다. 좋아하는 여인의 살결을 어루만지는 것보다 에로틱하다. 어떻게 주물럭거려도 당하는 채로다. 두들기건 쓰다듬건 찌르건 기분 내키는 대로 하세요.

여인이라면 뭔가 의미 있게 저항의 몸짓을 나타낸다거나 좀 더 갈구하는 듯한 반응을 보일 것임이 분명하다. 음란하기는 해도 감정의 왕래가 살아 있는 것들끼리의 응답 방식일 터이므로. 물론 흙이라 해서 죽어 있다는 것은 아니다. 어떤 의미에서는 인간보다도 훨씬 살아 있다. 죽어 있는 시늉이라고나 할까. 그런

점에서 가와바타 야스나리의 그 '잠자는 미녀'들은 마치 흙인 양 느껴져 두렵다.

그런데 흙의 무서움은 그런 류의 것이 아니다. 튕겨 나오는 탄력이 있는 것도, 거기만 핑크색으로 변하는 것도 아닌데, 만지면 만질수록 견딜 수 없이 요염하게 사람을 유혹한다.

그건 그렇다 해도 이건 어찌 된 일일까. 두슨 말이든 다 들어주는 듯하면서도, 실은 흙은 무엇 하나 자신이라는 것을 보여주지 않는다. 정신을 차려보면 모두 내 사념의 흔적에 지나지 않는다. 깊이를 알 수 없는 유혹의 몸을 하고 나를 애태우면서 왜 아무 말도 없는가?

정신이 이상해질 것 같지만, 네, 라는 대답이 나올 때까지 나는 어떤 애무를 계속하면 좋을지 적이 난감하다.

흙을 굽는다

지난 몇 년간 나는 흙과 불과 더불어 표현을 시도하고 있는데 좀처럼 잘 되지 않는다. 잘 된다, 잘 되지 않는다를 누가 어디에서 정하는가도 어렵다. 우선은 흙과 불과 맺어져 있는 나 스스로 납득이 가는가 아닌가의 문제라고도 할 수 있다.

얼마간 수분을 머금은 흙을 반죽하고 있노라면, 그것만으로도 엑스터시를 느낀다. 마치 여인의 몸이라도 어루만지고 있는 것 같아 때로는 망측스럽다는 생각마저 들지만, 몹시 에로틱한 기분이 되는 것만은 확실하다. 손으로 만진 곳은 모두 반점처럼 흔적이 남고, 이개면 이갤수록 요염해진다. 때리다가 쓰다듬다가, 누르다가 긁다가, 형태를 짓다가 허물다가, 어떤 짓을 해도 당하는 대로 있으니 이렇게 말을 잘 듣는 것도 이 세상에 없을 것이다.

그렇게 생각했더니, 이것이 곧 착각이다. 내 버릇이나 취미나 생각에 따라 주무르는 짓거리를 그대로 드러내고 있을 뿐, 흙 그 자체는 아무것으로도 되어 있지 않다. 이것은 흙 자신이 아니라 나의 둔갑한 모습이 아닌가 하는 생각이 든다. 말하자면, 흙은 무엇 하나 말을 들어주지 않는 것이다. 내 역량, 내 정신의 수준이 송두리째 드러나 보여, 한심하다 못해 보잘것없는 자신에게 울화통이 터진다. 내 표현력의 빈약함, 의지의 박약함을 은폐하거나 조금이라도 좋은 점을 나타내려고 애를 쓰지만 그야말로 수렁이다.

흙과 나 자신 사이에 거리를 만든다는 것은 어렵기 짝이 없다. 주물럭거리면서 잘 되어 가는 줄 알고 좋아하는 동안에는 흙은 이른바 '물건'이 되지 못한다. 바보가 스스로에 취해 있는 것에 지나지 않는다. 아무리 해도 안 된다는 것을 깨달을수록 흙이 무서워진다. 흙은 내 얼굴을 한 채, 여간해서는 흙의 얼굴로 돌아와주지 않는다. 그것을 알면 알수록 이 심술궂은 흙을 자신으로부터 떼어 놓고자 안달복달, 그때부터 진짜 격투가 시작된다.

격투의 방식은 흙의 성질을 최대한으로 돋보이게 하는 것, 그리고 흙 자신의 표정에 따르면서 그것을 살리는 모습으로 가져가는 것 외에는 없다. 그것까지 알고 착수하면 흙은 서서히 나로부터 떨어지기 시작한다. 그와 동시에 문득 정신이 들고 보면, 이번에는 아무런 특색도 없는, 이른바 그냥 흙으로 둔갑해가는 것처럼 비쳐져 또다시 망연해지고 만다.

그래서 잘 말려서 불로 구워보기로 한다. 부서지기 쉬운 것을 방지하고 내화성을 지니게 해야만 한다. 그렇다기보다는 나로부터도 흙으로부터도 그것을 더욱 떼어 놓기 위해 불을 부른다. 달리 말하면 나는 흙이나 불을 동반하여 내 자신을 더욱 멀리까지 데려가보고 싶은 것이다.

그런데 불만큼 알기 힘들고 까다로운 것도 없다. 고대 중국의 도공들처럼 불을 절대자로 취급해야 할 것인가, 모모야마 시대(도요토미 히데요시가 통치하던 시대)의 일본 도공들처럼 그것을 유희의 재료로 삼아야 할 것인가, 근대 서양의 도공들처럼 자기 표현의 도구로 삼아야 할 것인가. 어느 것이든 자신의 삶의 방식이나 세계에 대한 태도 여하에 따른 사항으로서, 어떤 입장이든 그렇게 간단히 되지는 않을 터이다. 물론 불은 흙 이상으로 까다

롭기는 해도 꽤 조정이 가능하다. 그러나 흙에 맞추어 조정할 것인가, 내가 빚은 형태나 빛깔에 맞출 것인가, 아니면 불 자신의 진행 상태에 모든 것을 맞추어 댈 것인가.

도대체 나는 자신이 어느 위치에서 불에 관여하면 좋을지 판단이 서지 않아 언제나 망설인다. 어떤 입장에서 구워보아도 좀처럼 잘 들어맞는 법이 없다. 저온에서 구우면 모양은 빚은 대로 나오지만 흙은 생 것 같고, 중불에서 구우면 흙도 모양도 빛깔도 그런대로 예쁘지만 어딘가 어정쩡하고, 고온에서 구우면 단단하고 긴장감은 있으나 모양이나 빛깔이 전혀 다른 것이 되기 십상이다. 이들 요소 전부를 갖고 싶기도 하고, 그 어느 요소라 해도 일장일단이 있는 듯한 느낌도 든다. 생각대로의 것이 되어도 시시하고, 만든 것이 아주 망가져서도 곤란하다.

나를 높은 곳으로, 멀리까지 데려가고 싶다는 것은 하나의 언어 방식이며 이것은 의지에 가깝다. 정말은 나와 흙과 불이 서로 호응이랑 거절이랑 맞침투하기도 하여 각자가 스스로를 최대한으로 살린 것 같은 모습이 됨이 가장 바람직하다. 이를 위해 눈물겨운 노력이나 기도와도 비슷한 기분으로 불을 땐다. 그러나 점점 나는 미칠 듯이 초조해진다. 불은 물리적으로 조정할 수

는 있어도 관념으로서는 관리하기 어렵다. 불이 계산을 넘어서
존재하는 것이기 때문이라기보다, 흙이나 형태나 색의 변화를
파악하기 힘들어서라기보다, 오히려 그것들에 대한 나의 태도나
생각이 정해지지 않기 때문인 것이다. 어떤 상태가 가장 좋은지
결정을 내릴 수 없고, 따라서 예측할 수 없는 점이 불안의 씨앗
이라 해도 좋다.

　　가마를 열 때까지 이 관리하지 못하는 부분을 끌어안은 채
불을 때고, 그리고 시간을 기다리는 동안은 언제나 발광할 것 같
은 자신이 두려워진다. 내가 그림을 그리거나 조각을 만들거나
흙을 굽거나 하는 것은 어쩌면 실은, 이 관리할 수 없는 세계를
끌어안고서, 미결정성未決定性 때문에 미칠 것 같은 시간을 경험
하고 싶기 때문인지도 모른다. 나는 아무리 나이를 먹어도, 할 만
큼 한 후에는 전부 불이나 흙이 되어 가는 대로 맡기면 된다는 식
으로는 깨달을 수가 없다. 아니, 도가 트이고 싶지 않은 것이다.

요리와 조각

한국 요리를 먹고 있으면 나도 모르게 현대조각에 대해서 생각하고 싶어진다. 현대 조각은 하나의 만들어진 대상물을 관상하는 것이 아니라, 온갖 것을 포함한 공간에 보는 자가 관여함으로써 그곳이 작품이 되는 것 같은 세계이기 때문이다. 현대 조각을 이해할 수 없을 때, 또는 그 작품의 현대성을 묻그 싶을 때는 한국 요리를 떠올리면 좋은 힌트가 주어질 것 같은 기분이 든다.

그 십 몇 종류나 되는 음식이 커다란 하나의 상에 가득 차려져 있어 그것을 젓가락이나 숟가락이 가는 대로 산보하는 것은 비할 데 없는 기쁨이다. 밥류, 육류, 생선류, 야채류, 따듯한 것, 찬 것, 매운 것, 단 것, 신 것, 국과 탕류, 찜류, 구이류, 젓갈류,

무침류 등등에, 파랑, 노랑, 하양, 빨강 등의 색상, 갖가지 향이며 냄새…… 메인이나 순서를 중시하는 서양 요리에서 보자면 이 무차별적 상차림은 그야말로 정신 나간 것처럼 보일 것임이 분명하다. 요리의 이미지나 형태나 타이밍마저 명료하지 않다거나 무시되고 있다고 여겨질 법하다.

하지만 이렇게 자유와 해방감에 찬 푸짐한 상도 드물지 않을까, 하나하나 제대로 간을 맞춰 만들어 낸 이 요리들을 허물어가며 이것저것을 입 안에서 만나게 할 때, 그 신선한 발견이나 되만들어보는 즐거움이란 도저히 다른 요리에서는 기대할 수 없는 것이다. 겨우 대여섯 가지인 일본 요리의 상차림에서 탈구축의 쾌락을 발견해낸, 지금은 고인이 된 롤랑 바르트가 한국에 갔더라면 얼마나 미칠 듯이 기뻐했을까.

전에 없이 재료에 신경을 쓰고 고기에 야채를 자꾸만 곁들이고 싶어 하는 신프랑스 요리라 할지라도, 하나의 이름, 하나의 접시, 한 명의 셰프의 존재가 절대적임에는 변함이 없다. 거기에서는 여전히 셰프의, 이미지의, 완성된 작품을 통째로 삼키듯 음미하지 않으면 안 된다. 먹는 사람은, 좋고 나쁨의 판단을 결과적으로 내릴 수 있다고는 해도 요리에서 오로지 하나의 메시지만을 받아들일 수밖에 없으며, 그것을 다른 것으로 어긋나게 하거나 뒤바꾸어서는 안 된다. 셰프에 의해 모든 것이 결정되고, 요리라고 하는 오브제 속에 일체의 의미와 가치가 담겨져 있어, 그것이 테이블이라고 하는 필드, 아니 식사의 시공간을 점거하고 있는 셈이다. 곧 요리는, 셰프에 의해 존재를 보증 받은 완성품이며, 따라서 먹는 사람이라 할지라도 제멋대로의 행위는 허용되지 않도록 되어 있는 것이다.

한국 요리는 일단 셰프가 만들어두지만, 먹는 사람에 의해 허물어지거나 바뀌어져버린다. 그리고 최종적으로 요리가 완성되는 것은 먹는 이의 입 안이다. 언뜻 먹는 순서가 없는 것처럼 보여도 취향이나 눈길을 끄는 것, 씹히는 감촉, 온도, 향기, 맛의 가감 따위에 따라 어느 것과 짜맞출지 자연히 정해져 간다. 이것저것을 집어 날라 입에서 만나게 하여 다시 어우러지게 하고, 씹어서 삼킨다는 행위 속에서 서로 견주고 부르는 규칙과 질서가 생겨난다. 먹는 일은 진정 탈구축이다. 먹는다는 행위에 있어서 요리는 어쩔 수 없이 그 동기나 이미지가 해체된다.

한국 요리는 얼얼하거나 선명하거나 하여 고집을 피우는 듯하면서도 꼭 어딘가가 빠져 있다. 독특한 완성도를 자랑한다고는 해도, 중화요리나 프랑스 요리에 비하면 너무 뜨겁거나 차거나 맵거나 싱겁거나 하여 그것만으로는 성립되기 어려운 희한한 어중간함이 눈에 띈다. 먹는 사람의 참가 반응 위에서 성립과 완성을 보는 요리의 성격을 잘 나타내고 있다고 할 수 있으리라. 미리부터 하나의 요리가 존재하는 것이 아니라, 먹을 것과 먹는 자와의 관계가 무수한 대화를 낳고 끝없는 이미지를 부른다. 먹는 사람도 요리 속에 있다는 말이다. 한국 요리는 그런 짜임새로 형성되는 복합적인 세계이다.

상 위의 요리 하나하나는 일단 독자성을 견지하면서도 그것들 사이는 보이지 않는 끈으로 가로 세로로 느슨하게 엮어져 있다. 갖가지 색깔과 향, 여러 가지 소재와 형태가 숲을 이루어 서로가 서로를 비추고 침투하면서 푸짐한 공기를 감돌게 하고, 무한한 가능성이 넘쳐흐른다. 그 사이를, 먹는 사람은 젓가락이나 숟가락과 더불어 유혹의 시선으로 돌아다닌다. 그리고 이것저것을 입으로 날라 모으면서 요리의 시공간을 만끽하는 셈이다. 요리는 하나의 접시 위에 있는 것이 아니라 그것들 사이에, 젓가락이나 숟가락과 함께하는 먹는 사람의 산책 속에 있다.

요리 한 접시의 메시지는 다른 요리의 그것들과 조화를 이루거나 반발하거나 하면서 공시적公示的으로 서로를 한정시킨다. 따라서 일방적으로 받아들여야 할 메시지로서 그곳에 버티고 있는 것은 아무것도 없다. 이질적인 소재 사이의 호응이라든가 매운 맛끼리의 거절이라든가 하는 것들 사이에서 새로운 메시지가 생겨난다. 요리는 보이지 않는다. 거기에 있는 것은 아득한 요리의 세계를 조립하는 골조에 불과하다. 요리라는 판벌림이 열릴 수 있도록 요리 하나하나를 서로 부르고 견주는 맛과 모양으로 만들고, 그것들의 사이와 먹는 사람과의 관계를 긴밀히 하는 것이 셰프의 역할이라 할 수 있다. 요리란 먹는 일의 짜임이며 장소인 것이다.

현대 조각에서도 만드는 것의 의미가 타력본원적他力本願的으로 변해가고 있다. 자기 완결로 대상물을 완성시켜버리는 것은 너무나도 인간 중심에 근대주의적이라 하지 않을 수 없다. 문화인류학이나 생물생태학이 주목받을 수밖에 없는 오늘날이라는 지평에서는, 하나의 덩어리 같은 대상, 하나의 완성된 메시지와 마주하는 것은 견디기 힘들다. 사물도 인물도, 있으면서 없는 것 같은 존재 방식이 바람직하다. 오히려 마주 대하는 일 없이 사이를 의식하는 것, 나아가서는 보이지 않지만 보다 큰 언저리의 시공간을 능히 감지하고 그곳에 자신을 풀어놓고 싶은 터이다. 시선은 너무나도 지쳐 있다. 의미 있는 듯한 덩어리로 장소를 점거하는 것만큼 짜증나는 것은 없다. 그것은 세상으로 뛰어들지도 않고 타자의 수용도 거부한 채 오로지 자기 존재를 과시하기만 한다. 일방적인 시선의 요구는, 지금에 와서는 심한 폭력과 다를 바 없다.

현대 조각은 점점 보이지 않게 되어 가고 있다. 몇 가지 무표정한 사물을 여기저기에 흩뜨려 놓거나 느슨하게 짜 맞추거나하여, 그 사이로 보는 사람의 시선을 자유롭게 다니게 하고 싶은 것이다. 무슨 공사 현장 같은, 어딘가의 폐허 같은, 종잡을 수 없는 막막한 양상을 띠는 것도 당연하다고 할 수 있다. 조각가의 손에서 벗어난 장소성이나 시간성 따위, 규정되지 않은 타자가 듬뿍 침투되는 것, 부디 무명無銘의 차원이 열리기를 바라는 바이다.

대상이 시선을 결정짓는 것이 아니라, 그것들이 있음으로해서 시선이 시공간에 눈떠 반투명하게 녹아 만나는 기꺼운 해방의 장소, 따라서 전제적인 셰프가 아집으로 완성한 한 접시의 요리처럼, 보는 것을 강요하는 조각은 이미 현대의 그것이라고는 하기 어렵다. 느슨한 이미지나 유연한 형태 등, 약간의 거슬림은 오히려 적당한 저항감으로 보는 쾌감을 증폭시키는 데 도움이 되기도 하리라. 하지만 시선이 날아다닐 공간성을 거의 차단하는 덩어리와도 같은 점거물은 타도하지 않으면 안 된다. 사물들 사이를 활보하면서 시선은 주전부리를 하그 싶다. 그런 주전부리를 가능하게 하는 짜임과 기척이야말로 현대 조각가의 관심사라 해도 좋다.

조각의 세계

    산소 버너로 철판을 자르고 커다란 돌을 찾아 와서 그럴듯한 장소에 아무렇지도 않은 듯 짜맞춰 놓아 두는 것이 내 조각이다.

    대지 위에서, 철판과 돌과 행위가 서로 호응하거니 거부하거니 하면서 불안정한 관계를 자아낸다. 친구들은 이런 작품을, 만든 조각이라기보다 허물어져 가는 공간 같다고 한다. 어떻게 보아도 작품의 완성품처럼은 보이지 않고, 대지의 한 모퉁이에 일어난 어떤 일로서, 그 파편들이 흩어져 있는 느낌인 모양이다. 어딘가 폐허의 잔해를 눈앞에 두고 있는 것 같은 일종의 적막감이 떠돈다는 것이다.

    나의 조각은 좌대 위에 고립되어 있지도 않고, 어딘가의 공간을 점거하고 있지도 않다. 대지와 이어져 있는 작품의 애매한 대상성(비대상성)이 사람을 당혹스럽게 만드는 듯도 하다. 또한 당장이라도 무너질 듯한, 걷어치워질 듯한 그 디덥지 못한 모습이 마음에 걸리기도 하는 모양이다. 어찌 됐건 는길은 사물을 스치고 지나가 공기처럼 주변에 퍼진다. 눈길을 받아 멈추게 해야 할 뭔가가 처음부터 결락缺落되어 있거나 이미 잃어버리고 말았거나이다.

아무래도 나는 뭔가 결락의 세계를 좋아하는 것 같다. 시간적인 것이든 공간적인 것이든―. 그리고 그것은 먼 완성을 향해 만들어 가는 여정의 세계이기도 하고, 하염없는 소멸을 향해 무너져 가는 과정의 세계인 경우도 있다.

나는 빌딩 공사장에 잘 나간다.

한창 철골로 조립 중인 빌딩 공사장은 신기하다. 새빨갛게 칠해지거나 검붉게 녹슨 철골이, 대지에서 하늘 높이 가로 세로로 구축되어 간다. 철골 사이에 하늘이 있다. 바람이 휙휙 빠져나간다. 인부들이 위태위태한 발걸음으로 공중을 건너간다. 이쪽저쪽에서 철골을 자르거나 잇고 있는 산소 버너의 파란 불길, 철골이나 볼트를 두들기는 망치 소리 등, 여기서는 대지에서 하늘까지의 커다란 공간이 숨 쉬고 있다. 뭔가가 생생하게 벌어지고 있는 것이다.

그러나 이런 광경이 그대로 영구히 펼쳐지는 것은 아니다. 착착 진행된다. 무언가로 향하고 있다. 아마도 물체物로, 완성으로 열린 것은 반드시 닫히게 되는 것일까. 거침없이 벽이 만들어지고 방으로 나뉘어져 불투명한 물체로 굳어져 간다. 이윽고 그것은 푸른 하늘은커녕 바람 한 점 들여보내지 않는 덩어리, 눈길의 벽이 된다. 참으로 빌딩의 완성은 공간의 점거다. 그때 거기에서 배제되는 것은 공간만이 아니며, 나 또한 견뎌내기 힘든 소외감에 빠진다. 물체의 충실은 공간의 상실을 초래한다. 그렇게 되면 나는 또다시 막 시작된 어딘가 새로운 빌딩 공사장을 찾아나서야만 한다.

인간이 부지런히 세워 가는 공간도 좋지만, 공간이 시간과 더불어 저절로 무너져 가는 곳도 더없이 매력적이다.

경주를 걷노라면 밭이나 성터 여기저기에 거대한 초석이 조용히 앉아 있다. 필시 천수백 년 전에는 거기에 어마어마한 큰 절이 서 있었음이 틀림없다. 그러나 그런 아득한 태고를 떠올려야 한다고는 생각하지 않는다. 이미 돌 위에 그런 것 따위는 아

230

무엇도 없다. 더 다른 것이 있는 것이다. 언저리 일대에서 하늘 높이까지 뚜렷하게 커다란 공간이 펼쳐져 있다. 몇 갠가 거대한 돌이 그럴싸한 위치를 차지하고 밭이나 성터라는 이미지를 넘어선 근사한 콘트라스트를 이루고 있다. 거뭇거뭇하게 이끼 긴 말 없는 돌과 돌 사이를, 밭의 파란 보리가, 성터의 풀꽃이 파도처럼 흔들리고, 그 위를 바람이 지나가는 소리가 들린다. 공간이 떨며 여울지고 있지 않은가. 돌과 돌의 존재 방식이 공간의 침투를 불러들이고 그 대상성을 넘어서 넓고 투명한 장소를 연출한다. 그 언저리를 배회하는 나 역시도 이 장소에 젖어 무無의 우주를 호흡하는 것이다.

언젠가 아크로폴리스 언덕에서도 같은 것을 체험한 적이 있다. 무수한 돌 조각들이 흩어져 있는 언덕 위에 여기저기 몇 개의 돌기둥이 위태롭게 서 있다. 어떤 것은 중간에서 부러져 없어졌고, 어떤 것은 세로로 금이 가 있거나 약간 기울어져 있다. 이곳은 있던 것이 없어졌다던가 완성된 것이 부서졌다기보다, 시간이 열심히 더 다른 것을 있게 하고자 지금도 여전히 지워 가며 만들고 있다는 느낌이다. 그리스 땅을 찾는 것은 늘 항상 이런 장소를 거닐기 위함이다. 영겁이 보이는 장소—. 내가 무無와 같은 공간에 한순간에 녹아드는 시간이 여기에는 있다. 대리석 파편이나 기둥들은 담뿍 무無를 머금고 주변의 공간을 또렷하게 떠올리고 있어 전이轉移 속의 나 또한 한없이 상쾌하다.

이런 것이 참다운 조각의 세계라고 생각한다. 조각이란 눈뜬 공간을 뜻한다. 공간을 점거하는 것이 아니라 그것을 여는 것이야말로 조각가가 해야 할 일이라고 본다.

예술가는 공간을 만들지는 못한다. 왜냐하면 그것은 무無의 영역이니까. 공간은 처음부터 그곳에 있다. 하지만 통상 보고 있는 것은 응고된 공간의 덩어리인 물체뿐이다. 예술가는 온갖 만남에 의해 공간의 양의성을 알고 있다. 그리고 언제까지나 만남을 계속하고 싶고 보편화하고 싶은 나머지 그 양의성에 착안하는 셈이다. 따라서 예술가는 보이는 사물을 부추겨서 보이지 않는 공간과의 중간항을 설치하고 싶어 한다. 사물이 무無의 침투를 가능케 하는 구조로 구속되어 갈 때, 그곳에 조각의 세계가 열린다고 할 수 있으리라.

그건 그렇다 치고 내 조각은 이 얼마나 초라하고 어중간한가. 남들이 말하는 적막감 도는 작품마저도 때로는 초조하고 불안해 보인다.

인공과 자연을 맞물리게 하는 것은 어렵다. 내 조각에서는, 가공되지 않은 공업용 철은 보다 자연을 가장하고, 때 묻지 않은 자연석은 보다 인공을 가장한다. 이것은 그것들의 자연스런 어울림 속에서 상호 침투를 가능케 하는 방법으로서 찾아낸 짓거리이다. 이 방법에 의해 주변에 있는 미지의 세계의 침투까지도 불러들여서 돌과 철판의 색깔을 희석시켜, 작품은 반투명한 것으로 녹는다. 이 반투명함이 작품을 커다란 무명의 지평으로 해방시켜준다. 규정되지 않은 타자의 개입을 느끼게 하는 적막한 인상은 거기서 유래한다. 그로 인해 아집이 강한 사람은, 모든 것을 작가 혼자서 만들고 있지 않은 듯한 어중간함에 모자람과 초조함을 느끼지 않을 수 없는 모양이다.

만들지 않고서 만들고는 있으나, 여기에는 시간의 세례가 결여되어 있다. 만드는 데 시간이 걸리지 않았다는 뜻이 아니라, 뭔가를 향해 흐르는 방향성이 약하다는 점이다. 물체를 향해 만들어 가는 여정도 아닐 뿐더러, 소멸을 향해 무너져 가는 과정도 아니다. 사방팔방을 향하고 있다고 말하고 싶은 바이지만, 그 때문에 오히려 어정쩡한 곳에서 정지되어버린 꼴이다. 뻥한 공간은 감지할 수 있다. 하지만 저 모든 것을 안에 품은 크

낙한 투명감은 아직 부족하다. 나의 조각에 좀 더 무無가 어렸으면 한다.

전화벨

한창 그림을 그리고 있는데 전화가 울렸다. 도중에 손을 놓을 수가 없어 필사적으로 붓을 놀린다. 전화벨 스리가 멎지 않고 이윽고는 거침없이 캔버스로 흘러 들어온다. 나는 짜증이 나면서도 어느샌가 벨의 가락에 맞춰 계속 그린다. 근질기게 울려대던 소리가 겨우 멎었을 때, 나도 붓을 놓았다. 그 후, 이건, 하는 그림 앞에 서면 거기서 불가해한 전화 소리가 들린다. 도대체 누가 뭘 지껄이고 있는 것일까? 수화기가 된 그림에, 보이지 않는 전화의 화자를 쫓아 눈길은 끝없이 화면 속을 헤맨다.

곤今日出海 선생의 별세

가까이 사시면서 얼굴이 마주칠 때마다, 어려운 일은 없는가, 작업은 어떻게 되어 가는가, 라고 말을 걸어주시던 곤 히데미今日出海 선생이 돌아가셨다. 내가 쫓아갔을 때에는 사모님이며 모든 가족들이 유해에 선풍기를 돌리면서 담담한 표정으로 선생의 마지막 모습을 이야기하고 있었다.

선생의 추억이 주마등처럼 떠올랐다. 그중에도 일제 시대에 최승희를 모델로 영화 〈반도의 무희〉를 찍느라 서울에서 결정적인 체험을 했는데, 그것으로 영화를 단념하게 된 셈이라고 피력했던 일이다. 최승희는 줄곧 각본이나 감독을 뛰어넘어 산 존재를 과시하여 어쩔 줄을 몰랐다는 것이며, 이것은 어쩌면 한국인의 일반적인 특성인가 하는 무서움까지 느꼈다는 얘기이다.

곤 선생은 81세의 고령이었음에도 최근까지 정정하게 지내왔었는데, 신체의 쇠락에는 이기지 못하고 최종적으로는 죽음을 향해 서서히 단념을 굳혀 가신 듯하다. 병원에 입원하신 뒤 언제부터인지 일거리 이야기를 하지 않게 됐나 싶더니 신변잡사도 그만두고, 마침내는 식사도 링겔도 거부하게 되셨다. 그러던 어느 날, 따님이 아이스크림을 사 들고 병원으로 가서 드시라고 권하자, 너나 먹어라, 나도 살아 있었을 적에는 (아이스크림을) 좋아 했었지, 라고 대답하셨단다.

선생은 늘, 산다는 것은 일을 하는 것이며 창의력을 발휘하는 것이라고 말씀하시곤 했다. 어느 날 밤, 술자리에서 내게 찬찬히 말씀하신 것도, 생각이나 일을 못하게 되면 당신은 적어도 자기 쪽에서 산다는 짓거리 따윈 그만두고 싶다는 것이었다. 그 순간 나는, 머리나 행동이 없는 식물인간인 양 부질없는 목숨의 연명에 급급한 수많은 세상의 속물들을 떠올리고 있었다.

유해를 입관시키고, 이틀간 장례식 준비며 내방객 접대에 분주한 가족들도 어지간히, 가끔씩 주룩 하고 눈물을 흘리고는 있었으나 누구 하나 울부짖거나 흐트러진 모습을 보이는 낌새는 없었다. 그리고 향이나 화환도 일체 거절하고, 밤샘다운 것도 하지 않고 고별식조차 필요 최소한도로 끝냈다. 프랑스 문학자, 소설가, 문화부 장관, 국립극장 회장 등, 생전의 화려한 경력으로 미루어 상식적으로는 상상도 못할 간소함이었다.

천황가天皇家 이하 일본을 대표하는 정계인, 문화인 등, 많은 높은 분들이 달려왔으나, 일부러 통지를 받아서가 아니라 진심이 있는 사람들이 모여 관棺만을 앞에 두고 전혀 가식 없는 장례식을 치룬 것이다. 역시 곤 선생다운, 그야말로 청초하고 멋이 있는 문인다운 최후이며, 허식과는 무관한 산뜻한 고별 세레모니였다고 생각되었다.

나는 선생의 마지막 모습에도 감동했지만, 그 사후 처리를 둘러싼 사모님의 침착하면서도 시원스러운 태도에 한층 더 감명을 받았다. 나 같은 것은 어떻게 죽음을 맞이하고, 그리고 어떻게 가야 하나, 소스라히 생각에 잠기지 않을 수 없는 바이다.

상처—폰타나의 작품

서양인은 갈라 째는 일에 특별한 의미를 부여하는 인종이다. 날카로운 칼로 캔버스에 덤벼든 루치오 폰타나의 작품을 볼 때마다 늑골을 찔린 예수 그리스도상을 떠올린다.

내가 처음 유럽에 발을 들여놓고 깜짝 놀란 것은 교회와 사원이다. 어둠에 감싸인 천장이나 벽 여기저기에서 그리스도가 피를 줄줄 흘리고 있다. 모든 비밀은 상처에 있다. 공간은 피 냄새로 가득. 어둠과 피 냄새는 강한 공포감을 불러일으키고 무조건의 복종과 신앙을 강요한다. 공포와 신앙을 뒤범벅하면 왠지 광기 어린 엑스터시를 맛볼 수 있는 모양이다.

예로부터 에피큐리언은 어둠과 피를 좋아한다. 어두컴컴한 레스토랑에서 포크와 나이프를 휘둘러 가며 피가 뚝뚝 떨어지는 비프스테이크와 붉은 포도주를 입으로 가져가는 광경을 대할 때마다, 서양인의 지복至福에 몸을 떨지 않을 수 없다.

피와 어둠의 유혹은 악마처럼 달콤하다. 인간 자신이며 세계 자체인 그리스도를 갈라 쨈으로써 죄와 벌이 생긴다. 찢어진 틈새에서 드라마가 시작된다. 공간은 있는 것이 아니라 상처가 만드는 것이다.

일찍이 화가는 캔버스 위에 그림을 그렸으나 이제는 캔버스를 범하기 시작했다. 버팀대가 되는 것을 벌거벗기고 찌르거나 찢어 놓고 그곳을 들여다본다. 아무것도 없고 부재일 뿐이다. 그럼에도 불구하고 밑바닥에서부터 희미하게 어둠과 피 냄새가 자욱하다. 캔버스 위에 그리스도를 그렸을 때와 마찬가지로 또 하나의 리얼한 환영이 언저리에 퍼진다. 공허롭기도 하나, 폭력과 상냥함의 엑스터시가 느껴진다.

폰타나의 작품을 보면, 이쪽도 저쪽도 앞도 뒤도 없다. 정체를 알 수 없는 어둠과 피의 환영은 명명백백한 이 백일하에도 어디에선가 다가온다.

제작—화가 F에게

밑칠을 끝낸 새하얀 캔버스에 커다란 파리가 앉았다. 우는 듯한, 노래하는 듯한 소리를 내지르며 날개며 다리를 심하게 떨고 있다. 그 장소의 콘트라스트나 경쾌한 바이브레이션은 일품이다. 은연중에 신음 소리를 내었더니 파리란 녀석, 어느 틈인가 두세 덩이의 똥을 내갈기고 느닷없이 날아가버린다. 사람을 우습게 알고! 나는 화가 치밀어 쫓고 또 쫓고 뛰어올랐다가 굴렀다가 겨우 녀석을 잡는다. 똥 언저리에 끈적끈적한 물감을 듬뿍 칠해서는, 성불成佛하게나 내 친구여, 하고 원한을 담아 거기에 단단히 묻어주었다.

조금 흥분한 탓인지 목이 마르고 진정이 되지 않는다. 캔버스 옆의 와인을 잔에 따라 입에 머금자, 이게 심하게 썩어 있다. 당황해서 퉤 하고 뱉어버렸더니 캔버스가 그만 질척질척. 서둘러 걸레로 닦아내려고 하지만 얼룩은 퍼지고 두드러져 갈 뿐. 탁한 피 같은 보라색에 시큼달콤한 냄새가 떠돈다. 하얀 부분이 거의 없어져 갈 즈음, 요란하게 전화가 울렸다.

수화기를 드니 로맨틱한 비평가 선생. 네 표현인가 하는 것은 파리똥보다 나쁜 박테리아다. 탐구하는 테마도 없고 연마해낸 테크닉도 없고. 일상으로 일어나는 일을 마치 전염병처럼 증식시키고만 있는 주제에 뭐가 작가란 말이냐—. 참아 가며 듣고 있던 나는 끝내 커터 나이프를 꽉 쥐고 허공을 찢어 헤치며 소리질렀다. 네녀석 말에서 똥 냄새가 나! 파리똥하고 네 똥하고 어느 게 훌륭해? 곧 몸통째 갈기갈기 찢어져 작품 한 구석에 붙여줄 테니 아무쪼록 미적美的으로 보이도록 신에게라도 빌면서 기다리고 있어—!

캔버스를 바라보고 있으려니 정말 울화통이 터져 커터 나이

242

프로 있는 힘껏 한 방 내리갈겼다. 그러자 근질근질 이상한 쾌감이 전신을 휘감는다. 욕망이 시키는 대로 두 번째를 쫘악, 세 번째를 부욱, 바야흐로 제작은 기막히게 나간다. 네 번째, 다섯 번, 여섯, 일곱, 여덟……. 아, 나나 누군가의 똥 냄새. 인류가 망하고 지구가 산산조각이 날 때까지 미쳐 날뛰며 허치워버려라! 마침내 나이프를 들이댈 여지도 없어져, 이제 어쩌지 하고 망설이고 있을 때 타이밍 좋게 나타난 것은 변비 증세의 콜렉터. 내 화장실에 어울릴 법한, 이건 그야말로 똥 리얼리즘이구먼요. 아니 정말, 거짓말 같은 얘기지만 이래 봬도 하루 종일 몸바쳐 애써 만든 작품이랍니다.

김학영 씨

　　파티 회장에서 와인 잔을 한 손에 들고 누군가를 찾는달 것
도 없이 어정거리고 있자니, 사람들 무리 속에 천장을 쳐다보고
막대기처럼 뻣뻣하게 서 있는 소설가 김학영 씨가 눈에 들어왔
다. "김 형, 뭘 보고 있습니까?" "아, 정말 오래간만입니다. 이,
이, 이런 곳에 오면 저어, 눈 둘 데가 없어서." "싫은 사람과 만
나는 것은 피곤한 일이니까요." "사람과 시선이 마, 마, 마주치
면 피하고 있다는 오해를 받기 싫어서 저어, 그만 열심히 쳐다보
게 되잖아요. 그러면 때, 때, 때로는 저어, 상대방이 무슨 용건이
있으신지 할 때가 있어 모, 몹시 당황스러워지거든요." "이런 한
국인의 파티 따위에 얼굴을 내미니까." "하지만 내밀지 않으면

244

아, 안 될 것 같아서요." "성실한 건지, 뭐랄까 누군가에게 강요받고 있는 느낌이로군." "집에 돌아가는 것 역시 저어, 가, 강요니까요" 하며 김학영 씨는 웃는다. 거기에 또 다른 내 친지가 악수를 청해 와서 인사를 나누고 있는 사이에 그는 슬쩍 몸을 피해어느 틈엔가 보이지 않게 되었다.

김학영 씨는 '재일 한국인 2세'인 데다가 '말더듬이'이다. 그 때문도 아니겠지만 어딘가 옹고집이다. 민족이나 국가를 논하는 것은 성미에 맞지 않는다면서도 그런 문제들만 다루는 '통일일보사'에 적을 두고 있다. 사람 앞에 나서는 것이 고통스럽다면서, 기회가 있으면 반드시 참석하고 얼굴을 붉히며 기를 쓰고 말을 하려 든다. 어째서인지 자진해서 불편한 자리를 굳이 고르고 있는 것이다. 불시에 어떤 일을 만나도, 엉뚱한 자리에 나가도 그는 결코 질리는 일이 없다. 그렇게 말하면 거짓말이 되겠지만, 내심은 도망가고 싶어도 말이 어긋나거나 얼굴이 빨개졌다하얘졌다 횡설수설하면서도 애써 그곳에 있지 않으면 직성이 풀리지 않는 것이리라.

어떤 모임을 마치고 돌아가는 길에 그를 꾀어본 일이 있다.

"근처에 내가 잘 가는 바가 있는데요." "좋지요." 바에 들어서자마자 그는, "하지만 나, 나, 나는 저어, 별로 이, 이, 이, 익숙하지 않은 술집은 히, 히, 힘들어요" 하며 몹시 더듬었다. "그럼, 나갈까요?" "모, 모, 모처럼이니 여기서 마, 마시지요." 그는 내가 권하는 푹신한 의자를 가만히 바라보더니 그 끄트머리에 엉덩이를 겨우 걸치듯 앉는다. 마담이 내미는 물수건을 받아들자마자 냄새를 맡고는 테이블 위에 놓으려 한다. 그러다 내 눈과 마주치자 급히 안경을 벗고 마구 얼굴을 세게 문지르고는, "이 물수건, 냄새 나는데요."

주문도 하지 않았는데 마담은 잠자코 언더록 위스키를 두 잔 만들어 왔다. 그는 느닷없이, "저어, 이런 데 한국 술은 없겠지요" 하고 뚱딴지 같은 소리를 한다. 마담은 틈을 주지 않고 답한다. "있어요. 이 선생님한테서 받은 거지만 한국 소주, 드릴까요?" 설마하니 이런 바에 한국 술이 있으리라고는 생각지 못한 듯, 그는 당황했다. "아니, 됐습니다. 이, 이걸로." "사양하지 않아도 돼요. 소주, 좋아하지요?" 내가 말하자, "여기에는 위스키가 어울리는 분위기 같습니다" 하며 잔을 손에 들고는 씩 웃는다.

고생스러운 성격이라고 말할 수밖에 없다. 애를 쓰면 쓸수록 어색해지고 점점 거북스러운 일만 초래하여 숨 막히는 상태로 스스로를 몰아 가고 만다. 간절하게 평온과 안락을 소망하면서도, 그 때문에 일부러 자신을 채찍질하고 자신을 학대하는 것 외에는 살아가는 법을 모르는 것 같다.

그는 부모들의 처절한 싸움이 싫은 주제어, 실컷 밖에서 진흙탕에 잠겨 있노라면 은밀히 뭔가를 기대라도 하듯 부모 곁으로 돌아가고 싶어지는 모양이었다. 그리고 아무 일도 일어나지 않으면 초조함을 느껴 기어이 부모의 부부 싸움을 부추기는 언행이 된다. 한차례 집안에 폭풍이 불면, 참을 수 없는 혐오감과 공포감에 떨며 중재에 나선다는 것이 끝내는 싸움을 피투성이의 그것으로 올려놓고 만다. 아버지도 어머니도 아들도 미친 짐승처럼 이빨을 드러낸 채 서로 뒤엉키어 으르렁거린다. 그리고 격렬한 다툼에도 불구하고, 불가사의한 호응의 메커니즘이랄까, 유기적인 구조의 작용이기라도 하듯 공간이 강한 역학 관계를 만들어낼 때, 바야흐로 가족의 삶의 고양高揚은 절정에 달한다……. 그의 소설 속 광경이 참혹하고 보기 거북한 작품인 것은, 이러한 그의 묘한 성실이 초래하는 어긋남에서 야기된, 생사람의 사나운 팔자에서 비롯된 것일지도 모른다.

김학영 씨와 조금 더 이야기가 나누고 싶어, 웅성거리는 사람들 사이를 누비면서 찾아다니자, 파티장 정면에서 약간 왼편 중앙에 빠끔하니 빈 공간이 생겨나 있고, 거기에 그가 있었다. 아까와 마찬가지로 위스키 잔을 움켜쥐고 역시 직립 부동의 높고 딱딱한 자세로 천장을 향하고 있다. 잠깐, 하고 나는 가까이 멈춰 서서 그의 모습을 살폈다. 이윽고 그는 다가온 누군가와 가볍게 악수를 나누고, 이번에는 더 촘촘히 무리를 이루고 있는 뒤쪽 입구 근처로 몸을 옮긴다. 잔을 입술에 대는 둥 마는 둥 두어 번 위스키를 홀짝이더니 다시 눈은 천장으로. 갑자기 주위가 흩어져버리고 또다시 오두마니 혼자 남겨지고 말았다. 그는 문득 자신의 고립을 알아차렸는지 천천히 고개를 돌리면서 걷기 시작한다.

위치가 정해지지 않는 사람이다. 마치 화가가 정물을 늘어놓기에 고심하듯, 그는 자신이 놓일 자리를 찾아서 이리저리 떠돌고 있는 것처럼 보인다. 사람을 피하고 있는 것인지, 필사적으로 참고 있는 것인지, 아니면 그 양쪽의 교차점에서 방황하고 있는 것인지.

웨이터한테서 와인 잔을 바꾸고 있는 내게 S잡지의 M씨가, "김학영 씨 못 보셨습니까? 지금 막 도착한 참이라" 하고 말을 걸어왔다. "저기" 하면서 눈을 돌렸지만, 그의 모습이 보이지 않는다. "방금 전까지 저기 있었는데." "그에게 원고를 청탁해서 여기에서 만나기로 했거든요." 그렇다면 하고, 나뉘어서 찾아보았지만 역시 보이지 않아 결국 M씨와 나는 파티장을 나왔다.

잠시 걷자 아니나 다를까, 80미터 정도 앞에 그로 보이는 뒷모습이 신호를 기다리고 있다. 신호가 바뀌자 그는 건너기 시작해서 어째서인지 뒤돌아보았기에 틀림없이 그라는 것을 알았다. M씨와 나는 큰 목소리로 잇달아 그의 이름을 불렀다. 그러나 두 번 다시 뒤돌아보지 않고 파란 비닐 커버로 덮인 정면의 거대한 빌딩 안으로 뚜벅뚜벅 들어간다. 우리들이 달리기 시작해서 가까스로 길을 건넜을 때는 이미 신호는 빨간 불이었다. 그가 들어간 빌딩 안으로 발을 들여놓자, 그곳은 아직 공사- 중인 휑뎅그렁한 콘크리트 방만 늘어서 있을 뿐, 그의 모습은 온데간데없다. 그는 어째서 또 이런 곳으로 뛰어들었을까, 하고 우리 두 사람은 얼굴을 마주 보았다. 아마도 그는 우리가 뒤쫓아 오는 것을 알아차리고 순간적으로 판단이 서지 않았던 것일까. 당황해서 얼떨결에 눈앞의 빌딩으로 뛰어들기는 했지만, 다시 나올 수도 없고 멋쩍어져서 어딘가로 사라져버렸음이 틀림없다. "김학영 씨, 도망가버린 걸까요?"　"글쎄."

　　연말에 '통일일보사'에서 그를 만나, 그때는 왜 달아났느냐고 물어보았다. 거기에는 대답하지 않고, "이번에는 어떻게든 상을 받을 수 있는 소설을 쓸 테니, 저어, 무, 문체도 조금 바꿀 생각이니 꼭 읽어봐주십시오." 안 하던 말을 하는데다가 뭔가 잘되고 있는 것인지 그다지 얼굴도 붉히지 않고 더듬지도 않는다. 그로부터 며칠 후, 그가 가족에게는 비밀로 집을 나와, 부모 곁으로 돌아가서 스스로 가스로 목숨을 끊었다는 소식이 친구로부터 전해져 왔다.

　　소설이 잘 써지지 않았던 것일까. 그보다도 이 세상 어디에도 있을 만한 장소를 찾지 못했던 것일까. 하지만 전혀 더듬지 않고, 얼굴도 붉히지 않고, 어디든지 몸을 던져 무슨 그럴싸한 상償의 안락감에 젖어 있는 밋밋한 김학영 씨란 생각할 수 없다. 그는 저세상에서도 필시 말을 더듬으면서 얼굴을 붉히고, 일부러 마음 편치 않은 곳만 어정거리고 있을 것 같은 생각이 자꾸만 든다.

J. 보이스와 백남준

요셉 보이스와 남준 바이크(백남준)의 퍼포먼스를 보러 소오게츠홀에 간 적이 있다. 연주 전, 두 사람은 각각 자신에게 주어진 피아노 앞에 앉아 갖가지 곡들을 쳐보거나 자리를 떠서 무대를 서성이거나 하고 있었다. 미리 맞춰보기 위혀 피아노를 같이 치기로 되어 있었던 모양이다.

그런데 막상 본 무대가 시작되자 보이스는 피아노를 양손으로 밀거나 발로 차거나 하여 무대 한 구석으로 밀어버렸다. 그리고 피아노에 달아 놓은 마이크를 잡아 뽑아 두 손으로 쥐고는, 느닷없이 괴상한 비명을 내지르기 시작한다. 바이크는 일순, 보이스의 거동에 의아한 얼굴을 했지만, 늘상 있는 일이라고 이해

했음인지 빙글거리면서 쇼팽의 장송곡 따위를 느긋하게 계속 치는 것이었다.

사람들 앞에서는 절대로 벗지 않는 모자와 조끼 차림의 어딘가 늙은 군인을 연상시키는 삐쩍 마른 보이스는, 한 시간 남짓 동안 코요테와의 교신이랍시고 제스처를 잔뜩 섞어서 계속 소리를 질러댔다. 아, 아, 아—아아아, 아하아하—아아아, 하아⋯⋯. 소리에 억양을 넣어 높고, 낮게, 늘이기도 하고 짧게 끊기도 해가며, 마치 영웅이 청중을 앞에 두고 대연설이라도 해대는 모습이다. 과연 보이스의 외침이 어딘가의 코요테의 귀에 가 닿아 서로 통했는지 어떤지는 모르겠다. 아무튼 있는 힘을 다해 소리를 질러대는 정력이나 의지의, 뭔가 염력念力과도 흡사한 그 외침에는 놀라지 않을 수 없었다.

한편 바이크는 적당히 깎아 올린 머리에 쭈글쭈글하고 헐렁한 와이셔츠 차림이 어딘가 칠칠치 못한 건달 아저씨 같다. 처음에 그는 모차르트니 일본 민요니 에릭 사티, 한국 동요 따위를 뒤섞어, 진심으로 연주하고 있는 것인지 놀고 있는 것인지, 아무튼 느적즈적 치고 있었다. 그런가 싶더니 별안간 충동적인 광기에 휩쓸렸는지 머리로 건반을 내려치거나 여기저기 피아노를 손으로 문지르거나 혀로 핥거나, 주머니에서 꺼낸 동전이며 주워 올린 마이크로 찌르거니 간질이거니, 그리고 서서히 얌전하게 누군가의 곡을 쳐보거니 하고 있다.

　보이스의 코요테와의 교신은 사람들을 압도했다. 바이크와의 공연을 위해 사전에 맞춰본 것 따위는 아무래도 괜찮았던 모양으로, 그 기발하고 신들린 듯한 능력은 또다시 사람들을 때려 눕힌 느낌. 하찮은 천 조각이든 한 줌의 버터든 보이스의 손에 걸리면 모든 것은 처절한 작품이 된다. 낡은 전구를 탁자 위에 올려놓는 것만으로 거기에 정체를 알 수 없는 혼이 씌운 것처럼 기이한 분위기가 떠돌고, 그것은 강한 주술력을 가지고 사람들의 눈으로 덤벼드는 것이다. 이런 으스스함은 빼어난 천재이거나 샤먼만이 할 수 있는 재주임이 분명하다. 그 탓인지 아닌지 그나 그의 작품을 접할 때마다, 그의 주장과는 반대로 나는 거기에서 격렬한 나치즘의 그림자나 냄새를 맡는다. 이것은 이데올로기의 성격을 넘어서, 인간의 과격한 자기주장의 욕구가 초래하는 광기의 발현이 나치즘의 원형임이 틀림없다는 나의 믿음에서 유래한 것이리라.

　보이스는 자타가 공히 인정하는 사회주의자이다. 또한 작품

수익의 태반을 '녹색당'에 부어넣거나, 카셀의 거리에 수천 그루의 나무를 심기 위해 캠페인을 벌이기도 할 정도의 대자연주의자(서독에서는 이것을 괴테이즈이라 부른다)이기도 하다. 제작 활동 그 자체가 에콜로지와 깊은 관계에 있음은 많은 비평가들이 지적한 대로이다. 열연熱演 후 열린 심포지엄에서 그는, 근대인의 에고의 고발, 인간중심주의적인 문명 반성, 그리고 생태계로서의 우주 자연과의 교류 속에서 인간의 위치를 재확인해야 한다는 취지를 강조했다.

한편 바이크의 피아노 연주(?)는 일관성은커녕 거의 주제다운 것을 느낄 수 없었고 지리멸렬한 것이었다 해도 과언이 아니다. 보기에 따라서는 마스터베이션에 가까운 행위랄까, 사람들에게 호소해야 할 것과는 다른, 뭔가 피아노와의 은밀한 장난에 불과한 것은 아니었을까. 알다시피 그는 근대 문명이 만들어낸 텔레비전을 주로 이용하여 영상, 음향, 행위의 모든 것과 무차별적으로 관계 맺고 있는 비디오 아티스트이다. 작곡가를 지망한 적도 있는 탓인지 때로는 도끼로 피아노를 때려 부수거나, 미인에게 바이올린 아닌 텔레비전을 안겨 연주하게 하거나, 브라운관을 뜯어내어 틀뿐인 텔레비전에 촛불을 밝히거나, 날고 있는 탄환을 원래의 대포로 되돌리거나(비디오테이프를 되감아), 어느 것을 보아도 바이크가 하고 있는 짓은 예술인지 장난인지, 만들고 있는 건지 부수고 있는 건지 영문을 알 수 없다. 진지하면서 난센스하고, 표현하면 할수록 비표현이 되어버리며, 행위가 진행될수록 그의 존재마저 공기처럼 느끼기 힘든 것이 된다. 그의 비디오는 엘렉트로닉스나 컴퓨터의 초현대적인 기술을 구사하고 있으면서도 조금도 과학적인 이치나 자기의 에고를 노골적으로 드러내지는 않는다. 오히려 보는 이를 천진난만하게 릴렉스시키고, 때로는 세계와의 합일감合一感마저 느끼게 한다.

당일의 심포지엄에서 보이스는, 나는 저 피아노가 마음에 안 들어서 갑작스레 생각을 바꿔 코요테와의 교신을 행한 것이다, 라고 해명하였다. 나는 그야말로 엄청난 에고의 정체에 접하였다. 이에 반해 바이크는 어땠는가 하면, 나름대로는 있는 힘껏 자의식을 발휘했겠지만 보이스 덕분에 그것은 너무도 지나치게 몰아적이었다. 바이크는 좋든 싫든 주어진 것을 그대로 받아들여, 그것과 하나가 되어 법석을 떨고 있었을 따름이다.

현대판 한산습득(중국 당나라 때의 두 승려, 이 두 사람이 같이 있는 모습은 선화禪畵의 좋은 소재가 되었다고 함)과 같은 보이스와 바

이크, 서양인 대 동양인인 탓도 아니련만 그 행동에는 그들의 주
장과는 다른 격심한 대조를 이루는 것이 있었다. 언어와 실제는
그 의미하는 바가 다른 것임을 새삼 알게 된 것 같다.

IV. 인연과 세월

세월

소년 시절, 나는 마음을 담아 곧잘 하늘을 향해 돌을 던지곤 하였다. 그러면 돌은 필사적으로 공기를 가르며 날아 이윽고 지상을 향해 선명히 떨어져 내려온다.

그런데 돌과 함께 던져 올린 갖가지 나의 사념들은? 무중력의 머나먼 행성에서처럼 모두 둥실둥실 날아가버려 그 행방조차 알 길이 없다.

나이를 먹어 가면서, 양손에, 어깨에 자꾸만 쌓이는 것이 있다. 납가루 같기도 하고 빛 조각 같기도 한 뭔가 희한한 것이, 무척 그리운 양 내 주변에 끊임없이 내려앉는 것이다.

종환鐘幻

초겨울의 경주는 쓸쓸하다.

고분 근처의 밭에서 손바닥만 한 청동 종 조각을 주웠다. 천몇 백 년은 되었으리라. 종 조각이라고는 하지만 검푸르게 푸석푸석하니 다 썩어, 가까스로 종의 일부임을 상상할 수 있을 뿐인 청동 녹 부스러기이다. 금방이라도 퍼석하고 으스러질 것 같다.

진흙이 묻은 채로 가만히 손수건에 쌌다.

그날 저녁, 호텔에서 창문을 조금 열고 멍하니 차를 홀짝이고 있으려니 서늘한 바람과 함께 어디선지 모르게 무겁고 둔한 종소리가 울렸다. 수만 광년의 아득한 우주에서 들려오는 것 같은 불가사의한 보랏빛 음색이다. 창문 너머로 멀리 산들의 물결이 어둠에 잠겨 가고, 헤아릴 수 없는 슬픔이 한없이 치밀어 올라왔다.

일본으로 돌아와 가방에서 손수건 뭉치를 꺼내 보고 아연했다. 한 줌의 청동 녹 부스러기뿐이 아닌가. 종 조각은 가루가 되어 그야말로 종 비슷한 것은 형체도 그림자도 없다. 하얀 접시에 담아 놓고 물끄러미 바라보고 있자니, 마치 이미 먼 옛날에 죽은 자신의 재를 보고 있는 듯한 묘한 기분이다.

한 줌의 검푸른 청동가루 접시—, 어디를 가더라도 조용히 눈을 감으면 떠오르는 것. 그때마다 그날 저녁 경주 호텔의 창가에서 들은 종소리가 뎅— 하고 내 혼의 밑바닥에서 울려온다.

빨간 고추잠자리

여행지에서 바람에 흔들리고 있는 깃발 없는 깃대 끝을 바라보고 있노라니, 먼 소년 시절의 일이 떠오른다.

전쟁이 끝날 무렵 시골로 돌아가던 길이었다. 작은 개울가였다고 생각된다. 갓 묻은 듯한 생생한 무덤이 있었다. 미국 병사의 것인 듯한 높은 무덤 표지판 끝에 한 마리 빨간 고추잠자리가 앉아 있었다.

이윽고 잠자리는 하늘 멀리 날아가고, 그리고 표지판 끝은 텅 비어버렸다.

그저 그것뿐이었다.

그것뿐인 일이 있은 후, 넓은 세계를 돌아다니고 오랜 시간이 흘러 지나갔다. 그럼에도 여전히 덧없는 눈길로 허공을 좇는 버릇은 멎지 않고 깊어만 갈 뿐이다.

고향

한국은 사계절이 뚜렷하여 그 콤비네이션이 멋지다. 그것들이 융합된 느낌은 아니고, 그렇다고 해서 하나하나가 그다지 강렬한 것도 아니다. 역시 사계가 개성 있게 한 세트로 어우러져 하나의 선명한 세계를 그려내고 있는 모양새다. 꼭 한국 여성들이 즐겨 입는 오색 줄무늬 색동저고리의 감각을 닮았다고나 할 수 있으리라.

가을 하늘은 청명하게 높푸르고, 공기에는 쩽한 긴장감이 감돌며, 맑은 햇살은 고추처럼 따갑다. 마른 가지 사이로 엿보이는 바위산이나 붉은 흙은 어딘가 세계의 맨살을 그대로 드러내고 있는 것 같아 딱하고도 애처롭다. 무성하게 우거져 존재감을

264

과시하는 곳과는 달리, 한산하게 흩어져 있어 투명감으로 가득한 이미지이다. 가장 눅눅해질 듯한 초여름의 날씨를 보아도, 짧은 장마기가 지나면 그야말로 싱싱하고 상큼한 더위다. 소나기가 세차게 내리퍼부었나 싶으면 순식간에 하늘은 푸르게 개고, 삼라만상은 마치 새로 태어난 듯 생생하게 빛난다. 그렇다고는 해도 자연의 기세에 압도당하는 듯한 저 남방의 드러내 놓은 거칠음과는 달리, 오히려 남성적인 인간의 체취가 거기에는 있다.

계절뿐 아니라 산이나 나무나 돌이나 인간들의 모습조차 무슨 상징성이나 정연성과는 거리가 멀고, 언뜻 보기에는 어수선하게 자기 멋대로 되어 있는 것처럼 비친다. 제각각은 그야말로 어긋지긋 내던져져 있는 것 같아도 전체의 콤비네이션으로서는 멋들어진 모양새이며, 작위가 느껴지지 않고 다이내믹하다. 아직까지도 시골에서는 흔히 볼 수 있는 광경이지만, 포플러 가로수가 늘어선 강가에 황소를 풀어놓은 채 긴 담뱃대를 물고 유유히 활보하는 흰옷의 노인이라는 구도는 어딘가 확 트인 분방함이 느껴져 시원스럽다.

씨족 사회 탓인지 아들을 낳는 것이 여인네들의 소원이다.

그래서 시골에선 우선 용왕님께 빌러 가는 것이 관행이다. 만일 용왕님께 빌어도 영험이 없는 듯하면 절에 가서 부처님에게 치성드리면 된다. 그래도 불안하면 어딘가 큰 바위에라도 매달려야 한다. 요컨대 원하는 것을 들어줄 만한 신령님이라면 무엇이든 상관없는 것이다.

그런데 여인이 용왕님께 치성을 드리기 위해서는 보름 동안 매일 새벽 세 시께 일어나 밥을 지어, 족히 십리 길은 되는 산 속의 오래된 샘까지 빌러 가야 한다. 아직 날이 새기 전이라 길은 어둡고 무섭다. 마을 어귀에는 길 양옆으로 마을을 악귀 질병으로부터 지키는 '천하대장군' '지하여장군' 이라는 무시무시한 수호신상이 서 있다. 저마다의 글자 위에 무서운 얼굴을 새겨 울긋불긋하게 채색한 목상인데, 여인은 여기를 지나면서, 보살펴주사이다, 하고 인사를 한다. 그리고 어두운 산길을 올라 고개를 넘을 때에는, 잊지 않고 돌을 하나 주워 거기에 서 있는 거목을 향해 던진다. 무당이 만든 금줄을 매단 거목은 하늘에서 신이 내려오는 신단수이다. 그 주변에는 고개를 넘는 사람들의 수많은 절절한 소망들로 던져져 쌓인, 성황당이라 불리는 돌 신단이 수북하게 생겨나 있다. 지나가는 길에 돌을 주워 염원을 담아 성황당에 던지면 소원이 이루어진다는 것이다.

　용이 산다는 깊은 산 속의 커다란 샘에 도달하면 돌단에 촛불을 밝히고 잿밥을 바친다. 그리고 두 손을 모아 비비면서 몇 번이고 절을 한다. 용왕님, 아들을 점지해주소서, 하고 그저 빌고 또 빈다. 치성이 끝나면 밥을 샘물에 흘려보내고 냉수로 몸을 정결히 한 다음, 날이 너무 밝기 전에 사람들 눈에 띄지 않도록 집으로 돌아온다.

　용왕님 덕인지 어떤지 아이가 들어서서, 드디어 낳을 때가 되면 방에 혼자 들어앉는다. 쌀, 미역, 물, 짚 등을 삼신할머니에게 바친다. 스스로 빌며 손을 묶고 나서 힘들여 해산을 하면 자신의 이빨로 탯줄을 끊고 짚 위에서 깨끗하게 씻는다. 산모는 몇 시간 쉬고는 쌀로 밥을 짓고 미역으로 국을 끓여 삼신할머니에게 바친 후, 그것을 먹고서 부지런히 밭일하러 나가야 한다.

　아이가 태어나면 남편은 집 대문에 금줄을 친다. 대문 양쪽에 소금을 놓고 잎이 그대로 달려 있는 대나무를 세우고 새끼줄을 쳐서 거기에 숯과 고추(남자의 상징)를 끼워 넣는다. 병자나 상중喪中인 사람들은 여기를 지나서는 안 된다. 악귀 질병을 막아 아이를 지키기 위해서다.

나는 너댓 살 무렵까지는 할아버지와 한 밥상이었다. 어서 빨리 커서 혼자 밥상을 받고 싶었다. 그래도 할아버지의 밥상은 아버지 것보다 호화롭고 반찬의 가짓수가 많아 불만은 없었다. 아버지에게 일곱 가지가 오를 때에도 이쪽은 아홉 가지, 때로는 열두 가지나 오른다. 그릇은 크건 작건 모두 뚜껑이 덮여 있어 하나하나 여는 것은 무척이나 즐겁다. 밥 외에 큰 대접에 담긴 국, 김치며 나물이며 생선구이, 고기찜, 그 외 젓갈이나 계절 음식 등. 따뜻한 것, 차가운 것, 매운 것, 신 것, 갖가지 음식들이 한꺼번에 차려진다. 서양 요리에서 보자면 이해하기 힘들겠지만, 이것이 한국 요리의 독특한 점이다. 말하자면 일품요리나 메인main 요리의 발상이 아니다. 한 가지 요리의 완성 독립이라기보다 많은 가짓수의 콤비네이션이 중요하다. 어느 음식이나 나름대로는 간이 잘 맞춰져 있지만, 이것저것이 입 안에서 씹혀 어우러져야 비로소 진짜 요리가 되는 셈이다.

한국 요리의 옛 모습은 제사 음식에서 찾아볼 수 있다. 어패류나 육류는 커다란 덩어리째 상에 올리는 경우가 많고, 소금이나 간장, 참기름 따위로 간할 뿐, 향신료는 일체 쓰지 않는다. 그리고 재료를 뒤섞는 것을 피하고, 오히려 요리의 가짓수를 늘린다. 서민들의 제사상에도 아직까지 스무 가지 이상의 요리가 올라간다. 눈으로 보기에도 종류가 다채로워 멋진 콤비네이션을 이루는데, 그것들은 먹을 때 이것저것이 입 안에서 만난다.

먹보 아이들에게 제사의 즐거움은 각별하다. 누군가의 집에 제사가 있으면 아이들이 아니더라도 마을 사람들은 한밤중까지 일어나서 기다린다. 씨족 공동체인 마을 사람들은 음식이 목적이라기보다 조상의 제를 지내는 사람들과 같은 마음가짐으로 제사를 위해 함께 일어나 있어주는 것이다. 친족 남자들이 모여 밤이 깊어지면, 하얀 두루마기를 입고 제사상 앞에 늘어서서 조상의 영전에 몇 번씩 엎드려 절을 올린다. 조상의 살아생전 모습을 기리고, 혼령에게 앞으로의 친족의 번영을 염원하는 의식이다.

제사가 끝나면, 술을 마시거나 밥과 여러 가지 반찬을 섞어서 비빈 제삿밥을 먹으면서 일가의 근황이나 장래에 대한 이야기를 나눈다. 졸음을 참으며 기다린 아이들은 흔치 않은 과자며 떡이며 음식을 서로 뺏느라 야단법석을 떨 때가 많다. 그동안 몇몇 젊은이들은 술과 밥과 국과 반찬을 이웃집에 돌리러 다닌다. 밤늦게 그것을 받아 든 집에서는 제삿집과 마찬가지로 비빔밥으로 만들어 술을 마시고 국을 뜨면서 먹는다. 제삿술을 마시고 그 음식을 먹고 나서 잠자리에 들면 소망이 이루어지고 복이 깃든다고 한다.

가짓수가 많은 제사 음식을 비빔밥으로 비벼 먹는 풍속은 지금도 달라지지 않았다. 한국 음식의 의미와 본뜻이 어디에 있는가를 엿볼 수 있다. 나는 한국 문화의 성격이나 정수精髓를 생각할 때면 언제나 음식에 대한 것을 떠올리게 된다.

한국은 태양 신앙의 나라임과 동시에 달 신앙이 강한 나라이기도 하다. 마을 사람들에게 있어서 달은, 농경 생활만으로는 설명할 수 없는 소중한 그 무엇인가이다. 초생달이든 보름달이든 일하는 도중 문득 달에 시선이 멈추면, 무조건 손을 모으고 머리를 숙여 기도를 올린다. 그중에서도 보름달은, 마을 사람들의 엑스터시의 상징과도 같다고 할 수 있으리라.

음력 정월 대보름은 그 해의 첫 보름달을 맞이하는 날이다. 다섯 가지 곡식을 섞어서 밥을 짓고 일곱 가지 나물을 비벼 먹거나, 약이라 하여 여러 가지 과자나 술을 들며 하루를 보낸다. 젊은이들은 마을 동쪽 어귀에 많은 마른 나무들로 거대한 달집을 짓는다. 해가 서산으로 넘어갈 무렵부터 달맞이가 시작된다. 남자도 여자도 손에 손에 횃불을 들고 산에 올라, 터질 것 같은 보름달을 맞아 행복을 기원하는 것이다. 누구보다도 빨리 달을 본 사람이 그 해의 가장 행운아가 된다. 산 위에서 달이 솟았다는 함성이 들리면 달집에 불을 놓는다. 확 하는 소리와 더불어 온 마을은 순식간에 이 거대한 불빛으로 물든다. 불의 기세가 강하면 강할수록 질병이나 악귀는 물러가고 마을은 복을 받아 풍작을 약속 받는다. 알록달록한 옷이나 고깔로 치장한 젊은이들이 북과 징을 두들겨대며 거대한 불 주위를 빙글빙글 돌면서 노래하고 춤추면 축제는 절정에 달한다. 아이들은 충치가 생기지 않도록 이 불에다 콩을 구워 먹어야 한다.

달이라 하면, 중추명월로 유명한 음력 보름인 추석을 잊을 수 없다. 상쾌한 날씨에다 오곡이 영글고 백과가 무르익을 무렵으로서, 시골은 한 해 중 가장 풍성하고 즐거운 시기이다. 햇곡식으로 떡이나 과자를 산더미처럼 만들고, 아침에는 조상의 영전에 풍성한 차례상을 차린다. 그리고 오전 중에는 화려한 의상이나 큰 종이꽃으로 만든 고깔모자로 치장한 젊은이들이 북, 징, 꽹과리, 피리 등의 악기를 손에 손에 들고, 노래하고 춤추며 온 마을을 돈다. 그것이 끝나면 오후에는 고개 너머 이웃마을과의 줄다리기다. 대개 소나 돼지를 걸고 한다. 짚으로 꼰 줄은 본체가 30센티미터 가량에 약 80미터의 길이로, 남녀노소 모두가 참가하는 것이 관례다. 길가에는 몇 개나 되는 커다란 솥이 내걸리고, 밥이며 갖가지 고깃국이 만들어진다. 술은 커다란 독째 늘어놓고 마음 내키는 대로 마신다. 줄을 당기고 있는 사람, 쉬면서 먹고 있는 사람, 싸움을 벌이고 있는 사람, 해질 무렵 동쪽에서 보름달이 뜰 때까지 이 떠들썩거림은 계속된다.

줄다리기가 없는 해에는 씨름이나 탈춤, 윷놀이 따위가 행해지곤 해, 아무튼 추석에는 들뜬 기분에 축제 북새통이 벌어진다. 그리고 밤이 되면, 온 마을의 집들이 축제의 무대로 화하여 보름달을 우러르며, 술판에, 노래에, 춤에 취한다. 평소에는 집 밖으로 나올 수 없는 처녀들이 색색으로 치장하고, 손에 손을 잡고 원을 그리며 마음껏 노래하고 춤추며 놀 수 있는 것도 이 보름달 밤인 것이다.

한국의 의상은 그 색상이 선명하고, 게다가 상하의 콤비네이션이 아름답다고들 흔히 말한다. 어쨌든 한국인은, 평소엔 흰옷을 많이 입지만 뭔가 구실이 있으면 화사한 빛깔의 색상옷을 즐기는 것도 사실이다. 한국 의복에 있어서 이 백白과 색色의 관계는 도대체 어디에서 유래한 것일까? 흰옷은 청초하고 고상하며, 색상옷은 선명하고 호화롭게 보인다. 특히 여성의 경우에는, 하얀 무명옷은 단정하니 금욕적으로 보이지만, 색깔 있는 비단옷은 에로틱하고 분방하게 느껴진다. 흰옷에는 유교적, 정신적인 엄격함이 있는데 반해, 색상옷은 도교적, 불교적, 또는 샤머니즘적으로서 정감이 풍부한 환상성이 농후하다. 그리고 평상시에는 소박하고 눈에 띄지 않는 흰옷으로 지내는 경우가 많은데 비해, 생일이나 결혼식이나 환갑연, 기타 축제 등 경사스러운 날에는 언제나 선명한 색깔이 어우러진 호화로운 색상옷이다.

말끔한 백의 세계인 낮 생활이 유교적이라고 한다면, 현란한 색으로 장식되는 밤의 그것은 무교적巫敎的이라고나 할까. 수복강녕壽福康寧 부귀다남富貴多男이라는 도교적인 이미지의 문자나 무늬가 병풍, 이불, 베개를 수놓고, 특히 젊은 부부의 방은 꿈결 같은 색의 바다가 된다. 낮의 갑갑한 정신 상태에서 벗어나 밤의 해방적인 정애情愛의 분위기에 젖어들고 싶은 것일까.

그러나 왠지 나는 색상옷이 싫었다. 어머니는 나를 아끼고 싶은 나머지, 이를 테면 비단감으로 된 보랏빛 저고리, 빨간 조

273

끼, 그리고 파란 바지 등 언제나 색상옷을 입히고 싶어 했으나, 내게는 그것이 해방감은커녕 매우 거북스러웠다. 오히려 모두가 입고 있는 흰 무명옷 쪽이 자유롭게 느껴졌고, 색상옷은 그것답게 점잖게 있어야만 하는, 더럽혀서는 안 되는 뭔가 유별난 것으로 생각되어 견딜 수가 없었다.

그런데 슬플 때에도 색을 쓸 경우가 있는데, 특히 초상 때의 그것은 어린 시절의 내 눈에는 기이하게 비쳤다. 사람이 죽으면 망자에게는 삼베를 안감으로 하얀 비단옷을 지어 입히고, 가족들은 모두 무지로 된 삼베로 기운 누리끼리한 흰옷을 입는다. 남자는 삼베 두건을 쓰고, 여자는 머리를 풀어헤치고 짚에 삼베 조각을 꽂은 띠를 두르고, 어이어이, 하고 합창하듯 큰 소리로 곡을 한다. 그리고 죽은 이의 관을 실은 상여는 온통 빨강, 노랑, 하양, 파랑, 보라 등 커다란 오색 종이꽃으로 가득히 장식된다.

흰 삼베옷을 입은 친척들이나 마을 사람들은 상여를 메거나 수호신의 이름, 그리고 죽은 이의 이름이나 명복을 비는 글귀가 쓰인 커다란 오색 깃대를 들거나 하여 긴 행렬을 만든다. 색색의 깃대를 높이 추켜들고서 죽은 이의 생애를 다 같이 읊조리며 느릿느릿 산으로 향하는 장례 행렬 광경을, 어린 나는 친구들과 함께 나무에 오르거나 바위 뒤에 숨어서 숨을 죽인 채 가만히 지켜보곤 했었다. 아이들은 무엇을 어찌할 것도 아니면서, 장례 행렬이 산에 도착하여 죽은 이를 묻고 만두 모양의 무덤이 만들어질 때까지 어딘가에 숨어서, 보아서는 안 되는 것을 훔쳐보기라도 하듯 가슴을 두근거리며 끝까지 지켜보는 것이다.

상중喪中인 삼 년간은 색상옷을 금하고 항상 흰옷을 입어야만 한다. 흰옷이라도 죽은 이의 영전에 아침저녁으로 참배할 때에는 삼베로 된 상복으로 갈아입는다. 한국의 흰색의 기조란, 원래는 이 누리끼리한 삼베의 흰색이었던 것이 아닐까?

근원 회귀적인 흰색으로의 환상……. 페르시아 근방의 하얀 사라사를 두른 태양 숭배자들의 일부가 실크로드가 열리기 이전, 아득한 톈산(천산天山) 북로 저편의 시베리아를 지나 한반도까지 이르렀다는 이야기다. 페르시아에서는 흰색은 하늘의 표시인 것이다. 하늘님(천궁님, 하늘의 상징, 태양신) 신앙이 두터운 한국 사람이 흰색을 신성시하는 것은 이것과 무관하지 않으리라.

그렇다면 색깔은? 한국의 가장 오랜 전설이나 사기史記속에도 샤머니즘 이야기가 많은데, 그 무당들이야말로 색의 뿌리임은 널리 알려져 있다. 오늘날 한국 여성복의 상징색이 되어 있는 색동옷은, 노랑을 중심으로 한 청룡백호 주작현무의 방위색에서 유래한 것이며, 그 색동옷은 본래 벽사진경僻邪進慶의 신의神衣였었다. 고분 벽화나 고찰 건물을 장식한 색으로 미루어볼 때, 한국인이 예로부터 얼마나 색채를 신성시하고 위대한 개념으로 파악하기를 즐겼는지 알 수 있다. 장식화民畵에 이르러서는, 실로 음양오행설로 보는 색의 세계 없이는 한 마디도 논할 수가 없다. 어쨌든 한국이라고 하면 흰색만 강조되기 십상이지만, 이 백白과 색色의 관계에는 더욱 심원한 드라마가 있을 성싶다.

조부祖父

이른 봄, 뒷산 밭길을 거닐다 보니 조부가 생각난다. 조부는 젊은 시절, 학문에 좌절하여 평생을 시골의 농사꾼으로 살았다. 태어나서 죽을 때까지 한 발짝도 고향 밖으로 나간 적이 없었다. "너희들은 먼 세계로 떠나거라. 여기는 내가 지키마." 이것이 아버지와 내게 당부하곤 하던 말이다.

조부는 학문을 익힌 아들을 믿었고, 조국의 독립을 위해 생애를 건 듯한 아들의 뜻을 자랑으로 여기고 있었다. 그런 조부가, 하필이면 어느 날 나에게 이렇게 말했다. "너는 크거들랑 빨리 이곳을 떠나 아버지를 따라 가거라. 일본으로 데려가 달라는 것이 좋겠다." "왜요?" 하고 나는 반문했다. 조부가 말하고 있는 것이 납득되지 않았다. 이미 흰머리가 나기 시작한 지금에 와서도 나는 아직 그 말의 진의를 파악하지 못한다.

일제시대가 끝나 갈 무렵이다.

초봄이 되면 으레 일본 경찰이 새벽녘에 마을을 덮친다. 작은 마을이라고는 해도, 여기 출신의 몇몇 젊은이들이 독립 운동에 가담하여 동경으로 만주로 상해로 뛰어다니고 있는 모양이었다. 그 젊은이들이 일 년에 한두 번 집에 다니러 오는 때가 있었다. 그 냄새를 맡고, 독립 운동가를 체포하거나 마을을 괴롭히기 위해 경찰이 찾아오는 것이다. 그러나 멀리서부터 들려오는 차 소리며 발자국 소리로 온 마을의 개들이 심상찮게 짖어대기 시작하면, 이미 울창한 뒷산으로 도망가버리기 때문에, 독립 운동가 중 누구 하나 붙잡혔다는 이야기는 들은 적이 없다.

어느 새벽녘, 네 명의 경찰이 들이닥쳤을 때, 이미 아버지는 없었다. 아버지는 동료와 함께 전날 마을을 떠났다. 언제나처럼 경찰은 가족들을 마당에 모아 놓고 땅바닥에 꿇어앉혔다. 항상 똑같은, 예의 그 순사가 서툰 일본말로 고함친다. "창근(아버지의 이름)이를 내놓지 않으면 혼날 줄 알어! 황국 일본을 거역하는 놈들은 살려둘 수 없어. 우리 일본인을 우습게보면 모두 싹 쓸어버릴 테다!"

　가소롭게도, 충실한 일본인을 가장하고 있는 이 순사야말로 조선 사람인 것이다. 조부나 머슴에게 폭력을 휘두르는 것도 이 자이다. 일본도 칼집으로 닥치는 대로 장독을 때려 부수기 시작한다. 말리려고 끼어든 머슴을 다른 한 사람이 칼집으로 내리친다. 어머니며 할머니며 누나가 일제히 아이고, 하고 울부짖기 시작한다. 순사 둘이 광 안에서 쌀가마와 보리 두 가마를 찾아내, 머슴에게 모두 차까지 운반하도록 명령한다. 머슴은 맞고 차이면서 머뭇머뭇 쌀과 보리를 옮긴다. 여자들은 마침내 비통한 비명 소리를 올린다. 아, 이제 끝장이다. 나는 흘금흘금 조부의 눈치를 살핀다. 꼼짝도 하지 않고 눈을 감은 채 긴 담뱃대를 빨고 있다. 자신도 모르게 나는, "할아버지!" 하고 큰 소리로 외쳤다. 조부는 내 쪽을 향해 조용히 눈을 떴나 싶더니 금방 도로 감아버렸다. 가짜 일본인 순사가 "이 늙은이가" 하고 조부에게 다가간다. "네 놈은 바보냐! 불만이 있으면 말해봐!" 하고 고함을 지르며 자기 아버지뻘 나이의 조부의 어깨를 걷어찬다. 조부는 옆으로 쓰러졌다가 말없이 천천히 다시 고쳐 앉는다.

　조부의 등 뒤로 숨으려는 나를 한 순사가 손짓으로 불렀다.

너무 두려운 나머지 마법에라도 걸린 것처럼 스르르 일어나 그쪽으로 갔다. 순사는 씩 웃고는, 주머니에서 알사탕을 하나 꺼내 내 입에 넣는다. "꼬마야, 네 아버지 어디에 있는지 말해보렴. 자, 어서, 응?" 울먹이는 얼굴로 뭔가 입을 열려고 했을 때다. 어머니가 이쪽을 향해 "환아!" 하고 내 이름을 외쳤다. 얼떨결에 나는 꿀꺽 알사탕을 삼켜버렸다. "이놈의 자식아!" 하고 어머니는 시뻘개져서 나를 노려본다. "하하하." "하하하." 순사들은 모두 웃음을 터뜨리고 나갔다.

아침이 되어 고구마죽 식사가 시작되었다. 그런데 아무리 기다려도 내 죽이 나오지 않는다. 부엌 입구에 멍하니 서 있는 어머니에게 다가가, "내 죽은?" 하고 물었다. 어머니는 태연하게 대답했다. "없다! 너한테 밥 먹을 자격이 있다고 생각하느냐? 나와 함께 참는 거야. 단단히 반성해라."

일본 경찰의 사탕을 삼켜버린 일로 화내고 있다는 것을 겨우 깨달았다. 그래서 얼른 변명을 늘어놓기 시작했다. "내가 먹은 게 아니라……." 틈을 주지 않고 어머니는 말을 잘랐다. "한심하구나. 그리도 사내자식이냐!" 어머니는 슬픈 얼굴로 나를 바라보았다. 자식의 잘못 때문에 어머니는 자신까지 식사를 끊고 깊은 반성을 촉구하고 있는 것이다. 나는 어떻게 하면 좋을지 몰라, 오직 눈물만 흘릴 뿐이었다.

아침 식사가 끝나고 얼마 안 있어 가랑비가 내리기 시작했다. 조부는 내게 소를 몰라고 한다.

조부와 머슴과 나는 소를 몰고 뒷산 밭으로 갔다. 머슴은 쟁기에 소를 매고 밭을 갈기 시작한다. 조부는 밭 끄트머리에 쭈그리고 앉아 묵묵히 담뱃대를 빨고 있다. 나는 이럴 때만큼 조부가 바보 같아 보인 적이 없었다. 참을 수가 없어 입을 열었다. "할아버지, 밭을 갈아도 소용없잖아. 농사를 지어도 또 가져갈 뿐인데 뭐." 조부는 내 얼굴을 가만히 쳐다보며 말했다. "그렇구나. 네 말이 맞다." 잠시 사이를 두었다가 조부는, 산골짜기를 보라색으로 여기저기 물들이고 있는 진달래를 바라보며 말을 이었다. "너는 커도 모를 것이다. 아니, 모르는 편이 낫다. 봄이 되면 가랑비가 내린다. 그러면 백성들은 말이다. 들이나 산의 밭을 갈아 열심히 씨를 뿌리는 게야. 무슨 일이 있어도 씨를 뿌리는 게야." 초등학교 일 학년이었던 나는 무슨 뜻인지 전혀 알 수가 없어 조부가 더 자세히 말해주길 기다렸다. 그러나 그뿐, 조부는 입을 다물어버렸다. 그걸 마지막으로 나는 영원히 조부로부터 그 의미를 듣지 못하고 말았다.

그로부터 얼마 후 해방이 되고, 나는 초등학교를 나오자 부산의 중학교에 들어갔다. 이윽고 육이오 전쟁이 일어나고, 난을 피해 가족들은 모두 부산으로 왔다. 그런데 조부와 조모의 모습이 보이지 않는다. 고향에 남았다고 한다. 아버지나 어머니가 아무리 권해도 조부는 고향을 떠나는 것을 거절했다고 한다. 그후, 인민군들에게 수많은 고난을 당하면서도 조부는 한 발짝도 고향의 땅을 떠나지 않은 채, 옛날 그대로의 당신 집에서 생애를 마감했다.

조부의 심중은 헤아리기 어렵다. 강한 사람인가 약한 사람인가, 똑똑한 사람인가 바보인가. 그만큼 대지에 매달려 있던 사람이 또 있을까? 그 반발 때문인지 아닌지, 나는 커 감에 따라 시골에서 읍내로, 읍내에서 도시로 나아갔다. 고향을 뒤로 하고 나라를 떠나, 도쿄에서 파리로 뉴욕으로 날아다닌다.

그리고 어이없게도, 그렇게 조부나 어머니가 미워했던 일본에 몸을 두는 팔자가 되었다. 대학에서 일본인을 가르치고 국적 불명의 그림을 그리고 있는 나를, 저세상의 조부와 어머니는 어떤 생각을 하며 보고 계실까? 크거들랑 일본으로 가라던 조부의 말대로는 되었지만, 조부의 그 말은 여전히 수수께끼인 채로다. 수수께끼로 말하자면, 일본으로 떠나던 날, 달사탕을 삼켰을 때의 일을 잊지 말라고 한 어머니의 말도 어렵다. 조부가 돌아가셨을 때도, 어머니가 돌아가셨을 때도, 나는 달려갈 수조차 없었다. 기껏 교외의 어딘가 밭에 나가서 그저 멍하니 서 있었을 따름이다.

밭의 흙이 거뭇거뭇하게 냄새를 피운다. 가랑비가 내리기 시작했지만 아직 밭을 갈 시기는 아닌 것일까? 한국과 달리 일본의 진달래는 늦어, 어디에도 꽃의 낌새조차 없다. 차가운 바람결 사이로 그 말이 들려온다. 봄이 되면 가랑비가 내린다. 그러면 백성들은 말이다. 들이나 산의 밭을 갈아 열심히 씨를 뿌리는 게야. 무슨 일이 있어도 씨를 뿌리는 게야.

각설이 타령

최근에는 한국의 꼽추 춤이나 각설이 타령이 화려한 무대에 올라 일본 관객 앞에도 모습을 드러내게 되었다. 유년 시절을 한국의 시골에서 보낸 터라, 추억과 그리움으로 몇 번인가 자진해서 그것을 보러 나선 적이 있다. 그러나 나에게는 추억이 너무 강렬한 탓인가, 어떤 태도로 그것을 보아야 좋을지 그 쇼 냄새 나는 리얼리즘에는 곤혹스러울 따름이다. 그것을 순순히 보고 기뻐할 수 없는 내가 낡은 관념에 얽매여 뒤처져 있는 것인지도 모른다.

더운 한낮이 기우는 오후 한때, 닫혀 있는 대문 저편에서 거지인 듯한 사람이 소리 지르고 있다. 적선하압—쇼, 적선하압—

쇼. 저 목소리는 그 문둥이 거지가 아니냐, 하고 대문 바로 옆의 사랑채에서 글씨를 쓰고 있던 조부가 중얼거리며, 곁에서 글씨 쓰는 흉내를 내고 있는 나에게 나가보라고 한다. 쭈뼛쭈뼛 나가서 대문을 열어보자, 역시 조부의 생각대로다. 너덜너덜한 누더기를 걸친 채, 거의 손가락이 문드러져 나간 손바닥에 바가지를 받치고 서 있다. 목에는 언젠가 어머니가 걸어준 염주가 검게 빛나고 있었다. 코도 귀도 입도 똑바르지 않은 괴이한 모습에 처음은 아니건만 어린 나는 간담이 오그라든다. 한 곡조 뽑아보게나, 하고 조부가 얼굴을 내밀며 말을 걸고 담뱃대를 문다. 잰 걸음으로 할아버지에게 돌아갈 즈음, 거지는 타령을 시작하는 것이다.

얼―씨구씨구 돌아간다……. 거지의 목청 돋우는 소리에 안채에 있던 숙부며 어머니와 누나, 놀러 왔던 이웃 아주머니가 일제히 대문 쪽으로 시선을 준다. 거지의 목소리는 작년보다 훨씬 더 쉰 것 같아, 점점 옥타브가 올라감에 따라 이상한 금속성의 음색을 띠어 간다. 손을 올리고 몸을 흔드나 싶더니 목소리를 떨면서 서서히 춤추기 시작한다. 조부는 눈을 반쯤 감고 담배를 뻐끔거리며, 때때로 음음, 하고 고개를 끄덕거린다. 그리고는 어느새 하필이면 조부는 거지의 목소리어 맞추어, 그런가? 아암, 하고 반문인지 맞장구인지 추임새인지 알 수 없는 말을 넣고 있다.

거지가 부르고 있는 타령은 그냥 들어 넘길 수가 없다. 무슨 팔자로 요 모양 요 꼴이 되었는지 세상만사 한스럽다. 틀림없이 네놈들처럼 거들먹거리는 양반에게 토지를 빼앗기고 정신을 짓밟히는 동안 이렇게 비참한 꼬락서니가 되어버렸지. 그래서 네놈들은 기쁘냐 즐겁냐. 이 슬픔, 이 한을 어찌해줄 것이냐—. 목소리가 격렬하게 울부짖는다. 몸놀림이 어지럽다. 소리가 절정을 향한다. 흠뻑 땀에 젖은 얼굴이나 몸짓은 바야흐로 황홀경 그 자체다. 듣는 이도 부르는 이도, 거역하기 힘든 어떤 힘에 이끌려 다 같이 헤아릴 수 없는 세계의 심연으로 잠겨 들어간다.

—그러다가 네놈들 머리 위에 천벌이 내릴 것이니라. 자, 밥을 먹여 다오, 듬뿍 돈을 쥐여 다오. 그러면 하늘에 청해 그 죄를 용서해주마. 그러면 언젠가 우리 세상이 되었을 때, 네놈들을 머슴으로 거두어주마. 우리들은 곧 다시 태어나 더 훌륭하고 더 큰 부자가 될 것이다. 아아, 언젠가 우리들의 찬란한 아름다운 인생을 네놈들은 부러워하리라. 그날은 기필코 온다. 기필코 온다…….

이건 터무니없는 내용이 아닌가? 그야말로 이룰 수 없는 혁명의 노래다. 이 무슨 배은망덕한 악담 욕지거리란 말인가. 그런데도 할아버지를 비롯한 모두는 어쩐 일인지 넋을 잃은 채 노래에 빠져들고 춤에 눈을 빼앗기고 있다. 지독한 매도임을 다 알고 있을 터인데도, 한 해에 한두 번은 찾아오는 이 나병환자 거지를 조부나 가족들 모두는 왜 맞아들이는 것일까?

거지도 거지이다. 부르고 있는 가사로 보자면, 달려와서 주인을 두들겨 패고 식량이나 돈을 빼앗아 가야 할 것이 아닌가? 그런데도 노래하며 춤추고 있다. 참고 또 참고, 온몸으로 한을 모아 필사적으로 소리로 쥐어 짜내고 춤으로 비틀어낸다. 타도해야 할 자를 눈앞에 둔 채, 분노를 참고 슬픔을 억누르며, 노래하고 춤추어, 온 존재를 불살라 스스로 높은 엑스터시에 도달해 버린다. 이 엑스터시가 스스로를 깊은 망각의 바다로 가라앉히고, 모두를 때려눕힐 만큼 형용하기 힘든 슬픔이 주변에 번진다. 눈물이 글썽해진 어머니는 커다란 주먹밥과 조부로부터 받은 돈을 거지에게 건네고, 두 손을 모으며 배웅한다. 깊숙이 고개를 숙이고 사라져 가는 거지의 뒷모습을 어머니는 언제까지고 바라보고 있는 것이다.

거지와 주인의 관계는 불가사의하다고밖에 말할 수 없다.

내가 유년 시절에 본 거지의 타령이나 춤에는 땅속 바닥까지, 하늘 끝까지 닿을 만큼의 한과 슬픔이 있었다. 그리고, 그것을 가슴 밑바닥에서 들어주고 혼을 뒤흔들리는 사람이 있었다. 거기에 연극의 성립이 있다. 연기는 무대 위에서가 아니라 노상에서, 대문 앞에서 이루어지고 관객은 집 안에서 본다. 아니, 손님의 연기를 무대의 주인이 본다고 해야 할 터이다.

오늘날의 무대 연극에는 슬픔이 없다. 원래 무대는 주인의 것이기 때문이다. 무대에는 거짓말이 어울린다. 꼽추가 아닌 자의 꼽추춤, 각설이가 아닌 자의 각설이 타령, 그것들은 주인이 행해야 하는 것이 아닐는지? 사물놀이를 포함한 저 많은 한국의 민속 무대를 볼 때, 진짜 같은 인간적 리얼리즘이 나는 부끄럽다. 더 짙은 화장과 요란한 조명, 현란한 소도구의 꾸며낸 연극으로, 마치 자기 자신을 보고 있는 듯한 진짜 쑥스러운 짓거리를 보여주었으면 한다.

288

소학의 가락

子思子曰天命之謂性率性之謂道修道之謂敎

두메산골에서 자란 나는, 유년 시절에 서당에서 중국 고전의 '소학'을 배운 적이 있다. 백발의 노老 훈장은 언제나 노래하듯 리듬을 붙여 '소학'을 들려주고는, 아이들에게 그것을 수십 번씩 되풀이해서 한 목소리로 읊게 했다.

구절의 의미에 대해서는 그다지 설명을 들은 기억이 없는데, 읊어내리는 가락만은 또렷하게 외우고 있다. 덕분에 마흔 고개를 넘은 지금에도, '소학'의 몇 구절인가는 이다금 가락을 붙여 외울 수가 있다.

얼마 전, 로스앤젤레스라는 뜻밖의 장소에서 나는, 함께 그 서당을 다닌 두 죽마고우와 만났다. 그리고 오랜만에 함께 '소학'을 합창했다.

그런데 그때, 희한하게도 외우고 있는 '소학'의 음색이 제각기 다르다는 것을 알고 놀랐다. 모두가 저 외딴 산골을 떠나 동서남북으로 흩어져 각자의 시공간을 살아가는 동안, 저마다 바꿀 수 없는 스스로의 '소학'을 가지게 된 것이리라.

먼 훗날, 어딘가에서 그들과 다시 만나게 되면, 같은 절을 읊으면서도 각자가 더 달라진 '소학'을 보여주게 되는 것일까?

난蘭에 부쳐

한밤중에 눈이 뜨여 아무리 해도 다시 잠을 들 수가 없어 일
어나서 서재로 갔다.

어둡고 싸늘한 공기 속에 뭐라 말할 수 없는 요염한 향기가
감돈다. 난(왕자汪子라는 동양란)이다. 불도 켜지 않고 탁자 위의
난 화분 앞에 앉아 천천히 만지작거리기 시작했다. 나긋나긋한
몇 줄기의 잎새며 단 한 송이의 작은 꽃이며, 만져서는 안 되는
것을 어루만지듯 손어림으로 쓰다듬거나 살짝 뺨을 대어본다.
난은 어딘가 슬픈 여인의 냄새가 있다. 내 쪽이 고독하고 가슴에
쓰라림을 쌓고 있는 탓인지 더더욱 애틋하게 여겨진다.

난이라 하면 은연중에 떠오르는 일이 있다.

고교 시절, 두 학년 아래의 미술부원 중에 호리호리한 몸매의 난희가 있었다. 언제였던가 그녀에게, 나는 언젠가 정말로 아름다운 것을 찾아서 먼 세계로 떠날 거야, 라고 속삭인 적이 있었다. 그리고 난 어느 날 오후, 텅 빈 미술부 교실에서 느닷없이 그녀는 내 앞에서 훌렁 알몸이 되었다. 저, 날 그려줘요. 황홀한 소녀의 알몸을 처음 본 나는 눈이 아찔했다. 손이 떨리고 심장이 두근거려 도저히 그림 따위는 그릴 수가 없었고, 한심한 소년은 어찌할 바를 모른 채 마침내 교실로부터 나 살려라 하고 도망치고 말았다. 비롯 큰 뜻을 품고서는 아닐지언정 그로부터 각국을 돌아다니는 신세가 되어, 아차 하는 사이에 삼십 년이 흘렀다.

올 겨울, 찬바람 부는 서울의 어느 길모퉁이에서 우연히 나는 중년의 아줌마가 손자인 듯한 아기를 업고, 또 중고생 또래의 두 아이를 데리고 뭔가 떠들면서 길을 서두르는 것을 보았다. 난희였다. 가련한 소녀 시절의 모습과는 너무나 딴판으로, 머리는 헝클어지고 얼굴은 주름투성이에다가 여자 프로레슬러처럼 튼튼하게 살쪄 있어서 난희라는 이름과는 거리가 멀었다. 호텔로 돌아온 나는 거울 앞에서 찬찬히 자신의 얼굴을 뜯어보며 알 수 없는 시간의 무정함을 곱씹었다.

내 기억 속에 계속 살아 있는 소녀는 실로 난의 이미지이다. 청초하고 품위 있고 뭔가 아련한 것이 감돌며 어딘가 막 앓다가 일어난 듯 창백 가련한 존재, 그것이 시간이니 상황이니 하는 정체를 알 수 없는 힘에 의해 괴물처럼 완전히 딴 사람으로 변해 버린 것이다. 추억이란 싸구려 센티멘탈한 기억에 지나지 않는다는 것인가. 호리호리한 난과 뚱보 아줌마 사이를 어떻게 상처 없이 아름답게 연결지어야 할지 암담하다.

꿈 많던 공자는 이상의 실현을 위해 평생 여러 나라를 돌아다녔다. 그러나 일마다 실패하고 사랑마저 잃은 채 노나라魯國로 돌아가던 중, 산속에서 한 떨기 난과 만나 눈물지었다고 한다. 나는 이상주의자는 아니지만 한없이 난을 사랑한 공자의 기분을 알 듯하다. 난은 그 아름다움 때문에 세속에 휩쓸리기 쉽고, 그 고상함 때문에 비애를 초래하기 쉬운 것인지도 모른다.

불을 켜고 보니 난의 잎새는 주물러 구겨지고 뜯겨진 꽃잎들은 탁자 위에 흩어져 있다. 모르는 사이에 난을 엉망으로 만들어버린 것이 아닌가. 무참한 광경이지만 이것이 내 본성인가 싶어 소름이 끼친다.

서재의 불을 끄고 밖으로 나왔다. 짙은 어둔 속에 썰렁한

내음이 언저리에 감돌고, 싸목싸목 마음속 깊이 스며 오는 것이
있었다.

예감의 항아리

백자 항아리를 바라보고 있으면 마치 싱그러운 예감 속에 있는 것 같다. 뭔가가 다가오려 하는 것인지 떠나가려 하는 것인지, 이상한 낌새에 언저리의 공기가 떨리고 있다

항아리는 어디쯤에 있는 것일까. 거기에, 아니 그 너머인가, 아니 아니 좀 더 앞쪽인 듯한, 바라볼수록 애매한 모습이 되어 한없는 크기로 부풀어 간다. 딱히 대상이 있는 게 아니다. 물체라고도 관념이라고도 할 수 없는 것이 헤아리기 어려운 세계를 숨 쉬고 있다.

몸통에 비해 얼마간 좁고 높다란 굽에 나지닥이 크게 벌린 입, 하얗게 윤기 도는 부드러운 감촉에, 팽팽함과 느슨함을 함께

한 억양의 리듬을 지닌 둥근 모습, 아득한 세월을 떠올리게 하는 무수한 희미한 얼룩이며 상처 자국, 흙과 사람과 시간이, 어떠한 서로의 부름과 거부를 펼쳐 오면 이런 조선백자가 된단 말인가.

　　양손 가득히 안아 올리면 손가락에, 온몸에, 머리 위에 차오르는 사랑.

　　눈을 감으면 항아리 속에서 한없이 넘치는 것이 있어 껴안는 자의 혼을 적신다. 왠지 하얀 항아리는 소리 없이 울린다.

하얀 고무신

휑그렁한 경내는 서늘한 공기가 감돌아 상쾌하다. 낙엽을 밟으며 오래된 석탑 주변을 거닐고 있자니 스닌의 독경 소리와 목탁 소리가 투명감에 가득 차 온몸으로 스며 들어온다. 불심도 모르고 종교에 무관심한 자인데도, 심산유곡의 고찰에 오니 저도 모르게 정화된 정신 같은 것이 작용한다. 너두나 어처구니없는 자신의 성정性情이 슬프다.

대웅전 돌계단에 한 켤레의 하얀 여자 고무신이 있었다. 늦가을 오후의 햇살을 받아 그것은 애절하리만큼 선명하게 비친다. 빠끔하게 열린 문 안쪽에는 어스름한 어둠이 그득하고 희미한 향냄새가 떠돈다. 금박이 부슬부슬 벗겨진 불상 앞에 천 원짜리가 두 장. 소복을 입은 주름진 얼굴의 할머니가 홀로 계속해서 절을 올리고 있다. 크게 팔을 벌렸다 모았다 하면서 부처 앞에 엎드릴 때마다, 하얀 저고리와 치마 사이에 다갈색 맨살의 몸통이 그대로 드러난다. 뭔가 중얼거리고 있어 슬며시 다가가 귀를 기울여보니, 부처님, 우리 태주(아들의 이름이리라) 소원 성취시켜주시옵소서, 우리 태주에게 많은 복을 내려주시옵소서……. 몇 십 번이나 절을 계속할 작정일가? 어쩌면 이미 몇 백 번이나 한 것인지도 모르겠다.

한결같은 할머니의 몸동작을 바라보고 있던 나는 뭔가가 가슴에서 울컥 치밀어 오르는 것을 느끼고 눈시울이 뜨거워졌다. 이 얼마나 티 없는 광경이란 말인가. 어머니, 하고 달려가서 안기고 싶은 심정을 억누르며 보고 있었으나, 끝내 참지 못하고 밖으로 나왔다. 지금은 돌아가신 어머니 역시 살아생전에는 먼 산속의 이름난 절들을 찾아다니며 분명 저처럼, 부처님, 우리 우환이 소원 성취시켜주시옵소서, 우리 우환이에게 많은 복을 내려주시옵소서, 하고 허리가 휘도록 빌고 또 빌었을 것임이 틀림없다. 부모를 버리고 나라를 떠나 어디를 떠돌아다니고 있는지도 모르는 아들의 출세와 행운을 염원하며, 숨을 거두는 그 순간까지 평생을 바쳐 빌고 또 빌었을 하얀 어머니의 모습이 눈에 선하다.

걸어서 마을까지 한 시간 정도라니 버스는 필요 없다. 산을 내려오면서 자꾸만 어머니가 생각나, 어디 사는 누구인지도 모르는 할머니에게 행운이 있기를 마음속으로 염원했다. 녹초가 되어 산기슭 온천 마을의 역에 도착하니 이미 해질녘이다. 서둘러 매표소로 들어서는데, 대합실에서 뭔가 웅성거리는 소리가 들리며 한 노파가 두 명의 순경에 의해 밖으로 끌려 나오는 중이다. 그 뒤에서 한 젊은 남자가, 이 늙은 할망구가 내 가방을 훔치려고 했어요, 이 늙은이가! 하고 떠들어대고 있다. 소복 차림의 노파는 모기 같은 목소리로, 아냐, 마가 낀 게야, 우리 아들 것과 똑같아서……, 봐주시구랴, 용서해주시구랴.

나는 순간 흠칫했다. 저 주름진 얼굴, 저 몸통, 그 할머니가 아닌가! 나도 모르게 달려갔으나 순경의 노려보는 눈초리에 입도 벙긋 못하고 멈춰 서고 말았다. 아까부터 그 자리에 있었던 성싶은 노인이 혀를 차면서 혼잣말처럼, 도둑으로는 보이지 않는데, 어쩌다가 마가 꼈던가 봐. 부처님 앞에서 그렇게 빌고 있었던, 선량함 그 자체와도 같던 사람이 도대체 어떻게 된 것일까? 남의 가방이 아들 것으로 보였다니? 아들 것보다 너무 좋아서 샘이 난 걸까? 아무리 생각해도 뭔가 잘못된 듯한, 이해하기 힘든 광경에 머리가 착잡하다.

　멀어져 가는 하얀 고무신이 저녁 어둠 속에서 눈에 아리다.

우국지사憂國之士

백발의 아버지는 초등학생인 손주를 향해 애국자가 되거라, 하고 열변을 토하고 있었다.

안창호 선생은 조국의 독립을 위해 한 평생을 바치셨다. 죽음을 각오하고 머나먼 미국으로 건너가 녀석들의 힘을 빌리기 위해 피눈물을 삼키며 굴욕적인 나날을 보내시고 말이다. 양반의 체통도 남자의 위신도 모두 내팽개치고 화장실 청소를 하시거나 부엌에 들어가 접시까지 씻으셨단다. 오로지 조국의 독립을 위해, 모든 것을 희생하면서까지 애국애족의…….

손주는 무슨 이야기인지 도무지 모르겠다는 얼굴로 방 안을 뛰어다니는 고양이에게 시선을 주고 있었다. 나는 드디어 참을 수가 없어서 아버지의 말에 끼어들었다. 아버지는 여태 아무것도 모르시는군요. 내가 이 아이만 했을 적부터 귀에 못이 박히도록 들어 왔지만, 그런 이야기나 하고 있으니 나라가 망한 거예요. 조국의 독립을 위해 안창호 선생이 무엇을 희생했다는 말입니까? 아버지는 격노했다. 애비를 훈계할 작정이냐? 부모가 무슨 제왕 독재의 대명삽니까? 이 상놈의 자식 같으니라구! 또다시 몇 번째 되풀이하고 있는지 모를 부질없는 싸움을 벌이게 되어버렸다. 일흔이 다 된 아버지의 사고나 자세에 시비를 걸어봤자 이제 와서 어떻게 되는 것도 아니건만, 이 맹목에 가까운 우국지사의 기질을 나로서는 용납할 수가 없다.

안창호가 미국에 건너가 독립 운동을 한 것은 틀림없지만, 그는 거기서 피눈물을 삼킨 것도, 양반의 체통이나 남자의 위신 따위 인간성을 빼앗긴 것도 아니다. '나라를 구하기 위해서는 어떻게 해야 할 것인가. 선진국의 가정에 제대로 들어가 여러 가지 것들을 익히고 화장실 청소도 해보았다. 다 큰 남자라도 여자들과 마찬가지로 자진해서 부엌에 들어가 접시를 씻거나 복도를 닦거나 남녀노소를 불문하고 일상을 공유하며 함께 대화를 나누는 민주적인 훌륭한 인간의 삶의 방식이 있음을 배웠다. 우리들도 이와 같은 열린 생활을 영위하기 위하여 한 사람 한 사람이 자신의 독립을 싸워 쟁취하지 않으면 안 된다'라고 안창호는 일지에 적고 있다. 그런데 아버지는 가족과 함께 대화를 나누기는 커녕 일체의 발언마저 인정하려 들지 않는다. 화장실 청소? 여태껏 부엌에조차 발을 들여놓은 적이 없다. 그런 짓을 하느니 죽는 편이 낫다고 생각하는 어이없는 양반인 것이다. 어머니가 외출하는 것은 끔찍이도 싫어하면서, 자신은 독립 운동이다 뭐다에 정신이 빠져 온 세계를 여자들과 돌아다니며 그야말로 태반의 생애를 날려버린 사내라 해도 과언이 아니다.

똑같은 사실을 놓고도 해석이 완전히 달라져버리는 일은 흔히 있을 수 있다. 그러나 터무니없는 진리를 위해서 죽어도 좋다는 맹목지사가 우리들 주변에 지나치게 많은 것은 곤란하다. 입만 열면 민주주의이고 통일이며, 한국인은 세계 최고라고 나온다. 한국인답게 굴어야 한다. 여자는 직업을 갖거나 바깥으로 나다녀서는 안 된다. 귀화하거나 일본인과 결혼해서는 안 된다. 공산주의자(반대 입장인 사람은 자본주의자)는 안 된다. 그리고 인간은 훌륭해지지 않으면(영웅이 되지 않으면) 안 된다. 어쩌면 이다지도 멍청한 인종이란 말인가! 말하자면, 그러한 진리가 한국적이며 민주주의이며 통일이며 세계 최고인 것이다. 오―, 마이 코리아, 아버지들의 앞길에 행운 있으라!

통일의 일상

　재일 한국인인 '우스운 통일론자'라 불리던 친구 K가 죽었다. 상가에 가보니 남북의 친척 친지들이 다수 모여 있다. 유체를 모신 하얀 관이며 고개를 숙이고 있는 부인의 검은 옷차림새며 강한 향냄새 등으로 온 집 안이 어둡고 무겁다. 상가 밤샘이란 건 어디의 그 누구 것이라도 사람들의 웅성거림까지 삼켜버려 침통한 적막감에 싸이는 것이 보통이다. 그런 생각을 하고 있는데, K의 형(북한 국적)이 느닷없이 주먹을 추켜들며 떠들기 시작했다. K와는 입장을 달리하는 열렬한 통일 지상주의자라는 소문은 듣고 있었지만, 아우의 병사는 실로 분단 비극의 상징입니다, 라고 외쳐대기 시작한 것에는 적이 놀라지 않을 수 없었다.

조국이 분열되어 있으므로 거기에 부조리와 불안이 따라붙고 세계의 평화가 위협받는다. 아버지는 북에, 누이동생은 미국에, 아우와는 이웃하여 살고 있되 그다지 내왕 없이 만나기만 하면 싸움뿐이었으니, 이것이야말로 민족 전체가 맛보고 있는 분단에 의한 불행이다. 아우가 병으로 쓰러진 것이나 자신이 장사에 실패하는 것도 궁극적으로는 통일 문제로 귀착한다. 이러한 상황에서 벗어나기 위하여 통일을 향해 떨쳐 일어서지 않으면 안 된다……. K의 형의 용맹스러운 연설에, 모인 사람들은 지당하다는 듯이 그저 고개를 끄덕거리고 있다. 이 애국열사의 이야기로 모든 것은 분단 탓이라는 것이 밝혀졌다. 이런 식이라면 동포집 개가 맨발로 걸어 다니는 것도, 동포 눈에 비치는 우체통이 빨간 것도, 모두 분단으로 인한 이상 현상임이 분명하다.

통일된 그날에는 무슨 태평천국이라도 열리는 모양이다. 하나의 정부가 되는 것이므로 나라가 시끄러워지는 일도 전쟁 걱정도 없어진다. 북도 남도, 전라도도 경상도도 무슨 도도 모두 해소된다. 전 세계로 흩어져 나간 동포는 일제히 조국으로 돌아와 다함께 얼싸안고 나날이 즐겁게 지내는 게 보증되어 있는 것이 통일이니, 괴로움이나 슬픔은 이 지상에서 사라져 없어진다.

기쁘게도 이같이 기다리고 기다리던 통일의 발자국 소리가 바야 흐로 가까이 다가오고 있다…….

나는 더 이상 앉아 있을 자신이 없어져 고인에게 인사를 마치고 슬그머니 자리를 떴다. 암울한 기분으로 걸어 나오는데, 부인이 쫓아 나와 의외의 사실을 말한다. K는 병사한 것이 아니라 자살했다는 것. 그것도 남편이 있는 일본 여성을 좋아하게 되어 부인과 계속 갈등이 있어 왔다는 것 등등. 통일 혁명에 대한 것뿐 아니라 그야말로 보통 사람의 고민 때문에 괴로워하며 죽은 것을 알고 놀랐다. 그러나 나는 K의 형이나 부인에게는 안됐지만 한결 마음이 놓였고 K는 구원받고 있었구나 싶었다.

평소에 그가 주장하던 우스운 통일론을 겨우 이해할 것 같은 기분이 든다. 그것은, 통일이 되면 태양이 동쪽에서 떠서 서쪽으로 진다는 것을 알게 된다는 것이었다. 통일이 되어도 나라에는 이런 저런 문제가 끊이지 않을 것이며, 사람들은 고민하고 싸움도 하며, 전쟁을 걱정하거나 외국으로 흩어지는 자들이 있을 것이고, 나쁜 놈이나 일하지 않는 자, 거짓말쟁이가 있겠고, 또한 여전히 개는 맨발로 걸어 다닐 것이며 우체통은 빨갈 것이다. 세상은 여느 때나 마찬가지이고, 일상은 다반사 그대로일 것이다.

그런 사실을 제대로 알고 다른 무슨 탓으로 돌리지 않고 스스로 헤쳐 나갈 수 있도록, 무슨 일이 있어도 통일은 이루어지지 않으면 안 된다.

K의 통일론은 별나기는커녕 너무나 당연해서 납득하기 힘들었던 것 같다. 자신의 삶을 '통일'이라는 말에 팔아넘기지 않고 매일을 일상사에서 충실히 영위하고, 그리고 자기 자신에 의한 죽음의 형태를 결정한 깨인 사람이었음을 알겠다. 발이 땅에 닿지 않은 채 환상에 들떠 있는 듯한 남북의 많은 동포들을 생각할 때, K의 죽음으로 나 역시 통일의 절실함을 한층 더 통감하지 않을 수 없었다.

Y의 체험

    Y는, 매일 화가 친구들과 술을 마시거니 골동품 가게에 가거니 화랑을 돌거니 하면서 오랜만에 서울을 즐겼다. 그런데 어느 날, 너댓 명의 정체불명의 사내들에게 갑자기 붙잡혔다. 심하게 맞은 듯 의식을 잃고, 며칠이 지났을까, 정신이 들고 보니 지하실 같은 세 평 가량의 네모난 콘크리트 공간에 갇혀 있다. 두 명의 취조관인 듯한 자가 Y를 노려보고 있다. 천장에 매달린 10W나 될까 말까 한 전구가 노르스름한 납처럼 비치고, 검은 가죽 잠바 차림의 두 사내로 인해 방 안은 한층 어둡고 무겁다.

    두 사내는 지나친 Y의 무반응에, 남아도는 힘을 어디에 쓸지 곤란한 듯 벽을 치거나 허공을 차거나 하면서, "이런 구더기 같은 놈도 인간과에 속하나?"하고, 꽤나 초조한 기색이다. 몽둥이로 때리거나 구두로 짓밟거나 물구나무를 세우거나 물을 끼얹거나 느닷없이 물어뜯거나 하면서, 가능한 모든 도발을 시도해보며 뭔가 중요한 비밀 같은 것을 캐내려고 애쓰는 것이었지만, Y는 그들의 기대에 부응할 만한 아무런 말도 생각해낼 수가 없었다.

　"우릴 도와주는 셈치고 뭔가 사실을 말해보란 말이야." "……." "입 다물고 있으면 정말 혼을 빼버릴 거야. 거짓말이라도 좋으니까, 자, 말해봐." "옛날이야기라도 상관 없다구." "옛날이야기……." "있냐, 이야기가?" "옛날 옛적 어느 곳에 할아버지와 할머니가 살고 있었습니다." "그래서?" "할아버지는 바보였고 할머니도 바보였고 둘이서 바보 같은 나날을 보내고……." "뭐야? 이 새끼가 죽고 싶은가." "……." "우습게보다간 진짜 죽여버릴 줄 알아." "……." "우리는 다 알고 있단 말이야, 네 정체가 뭔지, 무슨 짓을 했는지 정도는. 더 이상 심한 꼴 당하기 전에 솔직하게 불어." "그렇게 잘 알고 있다면 내게 가르쳐주시지요. 그러면 나는 그대로 말해드릴 테니까요." "혼자 덮어쓸 작정으로 그러는 거야, 아니면 포기한 거야?" "나는 이미 지쳤어요. 당신들이 요구하고 있는 건 아무리 생각해도 기억에 없고, 차라리 뭐라도 했다 치고 단숨에 해치워버리는 것이 어떻습니까?" "네놈은 살아갈 신념도 의지도 없느냐?" "아무래도 없는 것 같군요." "거짓말 집어 치워!" "그럼 있는 걸로 하지요."

호되게 당하는 동안, Y는 언제부터인지 자신이 자신임을 잃어버리고 말았다. 만사가 어찌 되든 상관없고 살아 있는 것조차 귀찮을 뿐이다.

어디가 잘못되었는지, 그들은 Y를 무슨 숨은 혁명가 내지는 지하 공작원으로 꾸며 놓고 있었다. 따라서 애초부터 '인간' 취급은 없고, 있는 것은 빨갱이로 생각되는 동물을 곯리면서 가지고 노는 것뿐이다. 갖은 욕설을 퍼부으면서 때리거나 차거나 물어뜯거나 하는 것은 이 사람들의 직무인 동시에 더없는 즐거움인 듯하다. 속내를 자백 받는다는 것은 허울 좋은 말일 뿐, 어느새 괴롭히는 일 자체가 보람이자 인생의 목적이 되었다. 살려서 내보낼 의사가 없음을 느꼈을 때부터 Y는 자신이 누구인지 판단이 서지 않는다. 뭐 하나 기억에 없는 일들만 들려주는데 몇 백 번, 몇 천 번 다짐받다 보니 마치 자기가 한 일인 양 묘한 기분이 들기 시작한다. 이렇게 말하면 저렇게 받아치고 저렇게 말하면 이렇게 받아치므로, 처음에는 이놈들이 어느 쪽 인간인지 짐작할 수도 없었으나 남쪽인 듯하다는 사실만은 점차 알게 되었다. "북에 갔다 왔다고 말해." "갔다 왔습니다." "갔다 오지 않은 게 아니었나?" "역시 가지 않았습니다." "김일성 만세라고 말해봐." "김일성 만세." "박정희 만세는?" "박정희 만세." "Y는 개새끼." "Y는 개새끼." "너 그래도 사람이냐?" "너 그래도 사람이냐." "이 자식 죽고 싶어." "이번에는 우습게보지 말라고 할 테지."

가죽장갑을 낀 자가 갑자기 덤벼든다. 어디를 맞았는지 눈에서 불똥이 튄다. 턱이며 어깨 등 여기저기 뼈는 부러지고 살은 부풀어 오르고 옷은 피투성이가 되어. 이미 더 이상 피해야 할 것 따위는 아무것도 없었지만, 아픔만은 견딜 수가 없다. 이젠 그만 무감각해져도 좋으련만, 맞을 때마다 신경은 점점 곤두서는 듯 전혀 아픔은 수그러들지 않는다. 체념을 하고 나니 신기하게도 두려움이 멀어진다. 그러나 두려움이 없어져도 여전히 아픈 것은 어찌 된 영문일까? Y를 현실에서 놓아주지 않는 것은 공포 쪽이 아니라 고통 쪽인 듯하다. 터무니없는 공포가 변신을 꿈꾸게 한다고들 한다. 그러나 그런 것은 자의식 과잉의 소설가나 생각할 법한 일로서, 자의식인가 하는 것을 모르는 인간은 변신의 꿈 따위는 가질 도리가 없다. 여기서 아픔이라는 것은 육신의 현상을 초월한 거의 유일한 관념이다. 이 관념이 가까스로 Y에게 살아 있음을 느끼게 하고, 포기해도 포기해도 끊임없이 자신을 현실로 다시 되끌어온다.

그나저나 통증의 정체가 무엇인지, 이 관념은 불가사의한 일들만 불러일으킨다. 두 대 세 대 펀치를 맞고 있는 동안에 정신이 아득해지는 듯한 고통이 한순간 쾌감으로 바뀔 때가 있다. 그러면 Y는 자신이 무슨 짓을 당하고 있는지 분명치는 않지만, 뭐라 형용할 수 없는 황홀감이 전신을 꿰뚫고, 까닭 모를 웃음이 계속해서 치밀어 오르는 것이다. "뭐가 어째서 웃는 거야." "이 자식, 희열을 느끼고 있는 얼굴 같다?" "머리가 돌아버린 것 아냐?" "덜 맞아서 그런 모양이다, 더 해치워버려."

Y는 펀치를 먹을 때마다 쾌감에 떨고 점점 정신이 멀어져 가는 것을 느꼈다. "이 새끼, 기분이 좋아서 오줌 싸고 있는데." "병신 같은 놈, 오줌 싸지 마!" "더 때려줘, 더⋯⋯." 소리가 되어 나오지 않는 소리로 외쳐대는 Y의 애원도 헛되이, 구타가 딱 멎고 물을 한바탕 뒤집어쓰고 나면 쾌감은 순식간에 미칠 듯한 통증으로 변한다. 이젠 아무래도 좋다고 아무리 생각해봤자 아

무 소용도 없다. 콘크리트 바닥에 내동댕이쳐진 채, 죽여줘, 죽여줘, 하고 신음하고 있는 Y를, 검은 잠바 차림의 두 사내가 무뚝뚝한 얼굴로 재미없다는 듯이 노려보고 있다. "정말 해볼 가치도 없는 놈이지 뭐야. 이렇게 반응을 안 해주니 내 쪽이 돌아버리겠어."

이윽고 말소리가 작아지고 머리가 몽롱해지더니, 잠시 후에는 아픔이고 뭐고 사라졌다. 정신이 들었을 때에는, 깜깜하기는 하지만 어딘가 콘크리트보다는 부드럽고 따뜻한 뒷골목 길가인 듯한 곳에 누워 있었다. 어째서 이런 곳에 자신이 나뒹굴고 있는지, 아무리 생각해도 기억해낼 수가 없었다.

구더기 無骨蟲

아빠, 신념이 뭐예요? 굳게 믿는 거라고나 할까? 학교 선생님은 목숨을 건 진리관이라고 하셨어요. 대단한 말이로구나. 아빠는 그런 거 있어요? 글쎄다. 아이로부터 엉뚱한 질문을 받고는 또 시작인가 싶어 생각에 잠긴다.

일찍이 성삼문과 신숙주는 한 임금에게 충성을 맹세한 사이였지만, 정변이 일어나자 전자는, 진리는 불변이고 굳게 지켜 나가야 하는 것이라며 뜻을 굽히지 않아 사형에 처해지고, 후자는 진리는 맹종이 아니라 고쳐서 살려야 하는 것이라며 생각을 바꾸어 살아남았다. 성삼문은 절개를 지켜 죽은 신념의 사람으로서 유학자들의 귀감이 되었고, 신숙주는 배신자, 변절자의 낙인이 찍혔지만 살아서 역사에 다대한 공적을 남겼다. 두 사람은 대단한 진리를 가지고 있었고, 각기 다른 삶의 방식을 보여주고 있다.

이에 반해 나는, 믿느냐 마느냐 할 만한 진리를 가지고 있지 않다. 삶의 의욕이나 이런 저런 탐구심이 결여되어 있다고는 생각하지 않지만, 그것을 위해 살며 목숨을 거는 것 따위는 아직껏 체득하지 못한 채 그냥 흔들리고 있을 뿐이다. 오히려 그런 군은 집념일랑 버리고 가능한 한 텅 빈 인생이었으면 좋겠다고 바라곤 하는데, 그 때문에 평생 잊지 못할 무서운 체험까지 한 일이 있다.

정체불명의 사내들에게 끌려가 어딘지도 모를 어두운 콘크리트 방에 갇혀, 맞고 차이고 하면서 몇 번이나 정신을 잃었던가. 오해도 유분수지, 나를 숨은 혁명가로 만들어 놓고는 기냐 아니냐며 때려죽일 듯이 족쳐댄다. 그러나 전혀 상관이 없는 일이고 보니 아무리 당해봤자 아무것도 모른다고 말할 수밖에 없다. A와 B중 어느 쪽이 옳다고 생각하느냐고 물어 와도 나는 판단이 서지 않고, 그렇다고 해서 제삼의 뭔가를 꿈꿀 만큼 로맨티스트도 아니다. 그래도 알아주지 않은 채, 이 거짓말쟁이가, 하면서 더욱더 고문은 혹독해진다. 그래서 견딜 수가 없어, 없는 명분은 세울 수 없지만 뭐라도 좋으니까 한 셈치고 용서해달라고 애원했다.

너무나 기대 외의 김빠진 대답에다 이렇다 할 지조조차 보이지 않아, 그들은 완전히 어찌할 바를 모르고 실망한 모양이다. 거기에 철가면처럼 딱딱한 얼굴을 한 상관 같은 자가 나타나 그야말로 경멸의 눈초리로 말한다. 당신은 대학에서 철학을 공부한 모양인데 그렇다면 더욱더 당당하게 좌익이면 좌익, 우익이면 우익이라고, 설명 어떤 꼴을 당하더라도 자신의 신념을 표명해야 할 것이다. 조국의 진로에도, 살아가는 이념에도 무관심한 자는 진정한 인간이 아니라 잡초나 구더기다. 남이든 북이든 우리 민족에게 당신과 같은 무無사상자가 있다는 것은 한탄스러운 일이다.

더 이상 손을 더럽혀가면서까지 족칠 가치가 없다고 판단한 때문인지, 어느 날 밤, 어두운 뒷골목의 쓰레기통 옆에 상처투성이 구더기는 내동댕이쳐졌다. 어처구니없는 신념 재판에 부쳐진 덕분에, 자신이 그 숭고한 듯한 것을 지니고 있지 않음을 뼈저리게 깨달을 수 있었다. 그러나 마치 신神의 강요와도 같은 굴욕적인 고문에도 불구하고, 그때부터 자신이 '진정한 인간'이 아니라는 점에 묘한 긍지와 쾌감을 느끼기 시작한 것도 사실이다.

너는 목숨을 건 신념인가 하는 걸 가지고 싶니? 아이는 모르겠다는 표정으로 빙긋 웃는다. 티 없이 맑은 아이의 웃는 얼굴을 보며 생각하건대, 믿거나 배신하거나 할 수 있는 사상은 어딘가 독을 가진 꽃을 닮아 너무 지나치게 아름답다. 어느 시대라도 잡초나 구더기를 경멸하는 진리관만큼 무서운 것은 없다.

입론立論

한국 여행에서 돌아온 지 얼마 안 되는 어떤 일본 여성이 나에게 말했다. "정말 한국은 멋진 나라로군요." 이것저것 너무 칭찬을 해대는 바람에 나는 기분이 상해, "아니, 한국은 아직 멀었어요" 하고, 그녀가 칭찬하는 부분을 전부 뒤집어 부정했다.

또 언젠가 한국을 여행하고 돌아온 일본의 정치가를 만났는데, 그는 말했다. "솔직히 말해서 한국은 어쩔 수 없는 나라라고 생각하네." 나는 순간 울화가 치밀어, "엉터리 같은 소리 집어치우시오!" 하고, 주먹을 휘두르며 필사적으로 그이 말에 일일이 대반론을 펼쳤다.

언젠가 일본에 온 한국의 실업가가 나에게 말했다. "일본은 잘 꾸며진 나라군요." 그래서 나는 화를 내며 "이렇게 융통성 없는 나라는 없어요" 하고 일본에 대한 험담을 늘어놓았다.

또 언젠가 한국의 한 문학자가 일본에 와서 나에게 말했다. "일본은 알면 알수록 싫어지는 나라예요." 그래서 나는, "잘 알지도 못하면서 열등감의 반등 같은 소리 하지 마시오"라고 일본을 변호하며 그를 혼냈다.

나의 이런 대응을 언제나 보고 있는 아내는 한숨 섞인 어조로 말했다. "당신은 자기 나라를 칭찬해도 마음에 들지 않고 깎아내리려도 성을 내는군요. 게다가 일본에 대해서도 자신은 마구 욕을 해대면서 한국에서 온 사람이 칭찬하거나 깎아내리거나 하면 어느 쪽에도 화를 내며 반대하죠. 도대체 뭐라고 해주면 직성이 풀리겠어요?"

과연, 듣고 보니 나는 자신이 취하고 있는 태도가 불가해하기 그지없다는 것을 깨닫는다. 하지만 정말로 무슨 소리를 들어야 기쁘게 순순히 받아들일 수 있을지, 아무리 생각해도 알 수가 없다. 난처한 일이다. 어쩌면 내 입론立論은, 분열병자처럼 한평생 어느 쪽으로 굴러도 화를 내거나 마음에 들지 않는 태도를 취할 수밖에 없는 것은 아닐까.

320

어떤 편지

일본으로 그림 공부를 하러 오고 싶다는 한국 학생으로부터 편지를 받았다. 빈곤과 제약이 많은 상황에서는 전위적인 그림은 배울 수 없다. 더 신선하고 굉장한 표현에 부딪쳐보고 싶노라고 한다. 번득이는 그 얼굴이 눈에 떠오른다.

서울을 걷노라면, 무시무시하다고밖에 할 수 없는 공사 현장이라든가 격렬하게 뭔가를 추구하고 있는 듯한 학생 데모 등, 넘치는 열기와 사람들의 기세에 압도당한다. 그런 세계에서, 학문이나 기술을 배우기 위해서라면 모르되, 새로운 예술 표현을 얻으러 도쿄로 온다는 것에 어떤 의미가 있을까.

언젠가 나카가미 켄지中上健次(소설가)는, 여자가 밤에 혼자 자유롭게 걸어다닐 수 있는 거리는 재미없다고 말한 적이 있다. 사치스런 불만이라고도 볼 수 있겠지만, 이런 곳에서 대담하고 창조적인 예술 표현을 기대하기란 어렵다는 말이리라. 피상적인 현상이라고는 해도, 다소의 불안이나 부족은 있을지언정 사람들은 평화롭고 안온하며 대부분 풍족한 생활에 젖어 문제를 느끼지 않는다. 이루어내야 할 것 따위는 아무것도 없어 보인다.

국제적으로 이름을 날리고 있는 주변의 화가들일수록, 그들에게 그려야 할 것이 있어서 작업한다고는 생각되지 않는다. 이미 완성된 세계를 바꿔 짜거나 어긋나게 비틀어대는 장난이 고작이다.

하지만 이런 관리된 장난질의 밑바닥에야말로, 이쪽에서는 보이지 않는 내일에의 으스스한 표현의 차원이 마련되어 가고 있는 듯한 느낌이 들지 않는 것도 아니다. 그런 점을 저쪽에 있는 사람들은 어떻게 받아들일지, 역시 그 학생이 와서 봐주었으면 싶다.

어떤 야성

잡지사의 젊은 여기자가, 일본의 전시회를 하러 온 한국의 반체제 화가를 내 통역으로 인터뷰하고 싶다고 한다. 그래서 자그마한 유럽풍 식당에서 저녁을 들면서 이야기를 나누기로 했다. 그는, 그림으로 한국의 현실을 고발하러 왔습니다, 하고 운을 떼고는 상의를 벗고 소매를 걷어붙였다. 호쾌하게 와인을 들이킨다. 인권을 짓밟는 독재 폭력과 투쟁하는 민주주의 미학은 숭고하고 엄숙한 것입니다!

커다란 목소리에 주위의 손님들이 일제히 이쪽을 쳐다본다. 날라져 오는 요리를 모조리 입에 던져 넣고, 담배를 피우고, 그리고 그녀의 와인이며 내 물도 손에 닿는 대로 마셔버린다. 떠들어댈 때마다 큰 목소리와 음식물이 주변에 튀고, 마구 휘둘러댄 나이프와 포크가 아무렇게나 내동댕이쳐진다. 웨이터가 다가와서 몇 번이나 조용히 해달라고 주의를 준다. 이따금 나는 그의 심한 편견에 참지 못하고 한국어로, 그것은 그 반대 아니오, 하고 끼어든다. 하지만 모두가 소용없다.

그녀는 거의 통역 따위는 듣고 있지도 않다. 꼼짝도 하지 않고 눈을 휘둥그렇게 뜬 채, 그의 고함소리며 몸짓이며 표정을 온몸으로 받아들이고 있다. 주위에의 배려도 테이블 매너도 알 바 아니라는 듯, 무슨 영웅인 양 구는 방약무인함이 처음에는 창피하다고 생각했다. 남의 의견도 들으려 하지 않고, 눈앞의 분위기도 일체 무시하는 울트라 독재 폭력이야말로 바로 타도해야 할 대상임을 본인은 전혀 알아차리지 못하고 있는 셈이다.

그러나 나는 활활 분노에 불타는 그의 압도적인 야성에, 어느 사인가 질투를 느꼈는지도 모르겠다. 그를 호텔로 바래다주고 돌아오는 도중, 나는 그녀의 어깨에 손을 얹는다. 그녀는 슬쩍 몸을 피하면서, 오랜만에 뿌리칠 수 없는 생물을 만난 것 같은 느낌이 든다며 목소리를 떨었다.

남대문 시장

온 세계 어느 시장을 들여다보아도 거기는 대부분 활기로 가득한 곳이다. 인간과 인간, 인간과 물건, 물건과 물건이 모두 상기된 얼굴로 부르며 또 맞서고 있다. 온갖 모든 것들이 욕정을 그대로 드러내고 있다. 마치 사악한 유혹의 눈길의 제전이라 해도 좋을 법하다. 모든 것이 거리낌 없이 벌거벗고 일어서서 번쩍 번쩍 서로를 유혹한다. 산더미처럼 쌓인 갖가지 상품들, 어깨를 부딪히고 발을 밟히면서 돌아다니는 사람들의 무리, 손님을 부르는 고함 소리, 흩어져 있는 물건들의 잔해, 정체불명의 고약한 냄새…….

사거니 팔거니 북적대는 이상한 열기에 휩쓸리면 인간은 모두 얼마간 협잡꾼다워진다. 온 세계를 손에 넣고 싶은 나머지 몸이나 영혼까지도 태연히 팔아 치울지도 모른다. 분위기에 휩쓸리고 호기심에 부추겨져 때로는 의미 없는 물건들을 마구잡이로 안아 드는 대신, 지갑은 물론 마음까지도 빈털터리가 된다. 시장이 활기에는 어딘가 욕망의 교환극이 불러일으키는 범죄 기대감이 가득하다.

서울 남대문 시장의 홍청거림은 세계의 그 어느 곳보다도 으뜸일 것이다. 상품의 종류에 따라 대충 구역이 정해져 있는 듯하지만, 그래도 이웃에 무엇이 오든 상관없다. 색색가지 비단이니 무명 치마저고리로 가득한 한복집, 옆에는 꾸들꾸들한 명태, 오징어, 조기 등 굉장한 냄새를 풍기는 생선 가게, 그 옆으로는 고무 호스, 칼, 동판, 삽에서부터 전기밥솥이며 자동차 모터까지 빼곡하게 들어찬 잡화 철물점, 그 앞 노점에는 부침개와 라면과 술이, 그 옆에는 신문지를 펼쳐 놓은 주름투성이 노파와 오글오글한 산나물들, 그 건너편으로 채소 가게와 가방 가게, 카메라 가게며 약국…….

김과 연기와 먼지, 땀 냄새, 물건 냄새, 색의 냄새, 언어와 신체와 물건의 표정이 다 같이 부풀어 오르면서 그 안에서 엎치

락뒤치락하고 있다. 중심도 가장자리도 없는 캇인지 모두들 어디랄 것도 없이 이리저리 발길 닿는 대로 걸어다니느라 집중과 확산이 어지럽다. 인간과 물건이 부딪힌다. 서로 때린다. 소매치기를 당한다. 기분으로 물건을 그냥 줘버린다. 폭력과 정겨움이 공존하고 있어 권력자와 혁명가는 얼굴을 찌푸린다. 언뜻 보기에 무질서하고 아수라장처럼 부글거리며 끓어오르고 있는 이 거대한 도가니는, 실은 더할 나위 없이 트인 밝은 기운으로 서로 유기적으로 얽혀 있는 것이다.

하지만 잘 들여다보면 여기는 역시 뭔가 이상하다. 물건도 점원도 손님도 모두가 조금씩 몸을 앞으로 내밀어 어딘가 묘하게 안정감 없는 기울어짐, 그만큼 사물의 각도가 원 위치에서 어긋나버려 상반신이 노출된 무방비 상태다. 그리고는 서로가 호의나 적의나 욕망이 닿는 데까지 마주 보고 서로를 부르며 침투해 들어간다.

사과는 얼마간 내 시선이나 옆집의 생선 냄새나 옷 색깔이나 온갖 것들이 스며들어 더 이상 사과 그 자체는 아니다. 부침개에 치마저고리 색깔이, 술에 누군가의 고함 소리와 하늘이, 술잔에 사람 입술 자국과 파리똥이. 산더미 같은 새빨간 고추 더미. 눈에 스미는 그 빛깔이며 냄새며 형태에 이끌려 마구 혜집어 보는 사이 어느덧 손도 마음도 새빨갛다. 고추 쪽 역시 나를 끌어들여 뭔가를 빨아낸 듯, 더욱 빨갛고 맵고 묘하게 요염하지 않은가. 내 안에 사물이, 사물 속에 내가 서로 침입해 들어간다. 서로가 모두 거리감을 잃고 흙발로 상대방의 내부까지 거리낌 없이 들어가 뭐가 뭔지 뒤죽박죽 헝클어지고 있다.

그리하여 모두가 그 이름으로부터도 가격으로부터도, 곧 상품 개념의 깨진 틈새로부터 삐져나와 언어에서 완전히 어긋나버린 채, 정체불명의 물건이 되어 거기에 있는 것이다. 개중에는 이미 그 자신으로부터 멀리 뛰쳐나와 뒹굴던서 제멋대로의 몸짓으로 지껄여대기 시작한 물건도 볼 수 있다.

욕정에 맡긴 채, 서로를 만지고 범하며 형용하기 힘든 사물의 세계를 여는 광기 어린 사건의 공간. 이런 속을 걸어 다니는 동안 나야말로 욕망을 그대로 드러낸 그 뭔가로 둔갑해 있었음이 분명하다. 시장을 나와 호텔로 돌아와 정신을 차려보니, 온 방안이 산 물건들로 가득하다. 비닐 손가방, 칼, 돌 냄비, 돌김, 부채, 사과, 장난감 권총. 그런데 이 플라스틱 가면이며 너덜너덜한 진흙투성이 헌 구두는 뭐란 말인가? 이 백자 항아리, 저 오래 묵은 듯한 나무 상자는 혹 가짜는 아닌지? 10킬로나 되는 자루에 가득한 물들인 듯한 고추…….

　여우에 홀렸던지 어쩔 작정으로 이런 것들을 이렇게나 사들여버린 것일까? 그건 그렇고 이상하지 않은가. 그것들은 이도저도 죄다 빛을 잃고 무엇 하나 시선이 느껴지지 않는다. 제자리를 떠나서 열기가 식는다는 것은 두려운 일이다. 아무리 둘러보아도, 손에 들고 느껴보려 해도 그야말로 그냥 사과이고, 어디에라도 있을 법한 부채이고, 말 그대로 비닐 손가방이다. 순식간에 모조리 빈 껍질이나 쓰레기로 변해버린 것일까, 아니면 사실은 원래 그런 물건이었던 것일까. 내 쪽이야말로 취기에서 깨어나 의식을 지닌 하나의 껍데기로 돌아온 것인지도 모른다. 아무래도 나는 잠시 어처구니없는 환상을 보고 있었나 보다. 그나저나 인간을, 사물을, 이다지도 미칠 듯한 욕망으로 몰아세우는 저 남대문 시장이란 도대체 무엇이란 말인가?

한국의 우와 좌

한국에 가면 두 타입의 지식인과 만난다. 한쪽을 개방적인 산업 중시의 근대파, 다른 쪽을 민족 통일 중시의 민주파라고 한다. 전자가 보수 · 우익이고 후자가 혁신 · 좌익이 되는 모양이다. 그러나 이 기준은, 예를 들면 항상 이데올로기나 지역감정을 지키려 한다던가, 반대로 미래나 타자를 향해 끊임없이 열린사회를 지향하고자 하는 외국의 지식인상에는 들어맞지 않는다. 한국의 지식인에게 있어서, 오른쪽과 왼쪽이라는 단어의 의미보다 더 중요한 것은, 북한을 보는 관점을 결정적인 요인으로 삼고 있다는 점이다.

지식인 A는 북한을 싫어하고 한국을 좋아한다. 따라서 친

미파, 국제파라 불리기도 한다. 그는 북한의 오컬트집단적인 범죄 상황을 민족의 수치이며 주변지역이나 환경이나 인류를 위협하는 반국가단체로 간주하고 강력히 비판한다. 그리고 한국의 군사정권에 의한 산업화·국제화정책은 기아상황의 북한도 도울 수 있을 만큼 윤택한 근대사회를 열었다고 찬양하고, 이를 위한 독재 반민주 매판성을 과도기의 일그러짐에 불과하다고 변호한다. 그래서 그 창시자, 박정희를 위대한 지도자라 추켜세우는 책을 쓰는 것이다.

지식인 B는 북한을 좋아하고 한국을 싫어한다. 그리하여 주(체)사(상)파, 통일파라 불리기도 한다. 그는, 북한은 영도자의 인도로 민족의 정통성과 인간성이 지켜진 자긍심 높은 나라라 찬양하며, 김일성의 묘지에서 눈물을 흘리고, 주체를 우러르는 소설이나 시를 쓴다. 그리고 한국 국민은 북의 혁명정신을 배워, 제국주의와 싸우는 핵개발, 반근대, 궁핍화 반친일 정책을 원조하고, 이를 배워 오직 한국의 독재 타도, 반외세 통일화를 위해 투쟁하는 민주 영웅이 될 것을 촉구한다. 또한 반인민 반민주 반민족의 어떠한 모순이 나타나건, 일체 북에 대한 비판을 용서할 수 없는 이적행위로 질타, 항상 북을 옹호하는 것이 진정한 민주요, 혁신이요, 애족의 길이라고 주장한다.

한국통이며, 북한에도 다녀온 일본인 저널리스트 친구는 말했다. 한국에 가면 우와 좌를 구별할 수가 없어. 보통은 사회발전에 의한 평등이나 주변국과의 개방주의가 좌익이고, 특권계층 중시나 바깥을 부정하는 민족환상에 의한 폐쇄주의가 우익이잖은가. 그러니까 울트라 내셔널리즘인 북 지지자들이 초보수우익으로 보이고, 산업화·국제화를 추진하는 쿨한 북 거부자가 진보좌익으로 보이기도 하거든. 자네는 한국의 여권 소지자로서 긍지도 높은 듯하네만, 공동체 비판, 남북의 민주화·통일화, 핵무기 반대, 타자와의 만남을 부르짖는 전위예술활동으로 세계를 돌아다니는 입장에서 좌우관은 어떤가?

지은이의 말

그림이나 조각 작업을 하는 틈틈이 잡지, 신문 등에서 짧은 원고를 청탁받거나 생각나는 대로 써 두거나 하여 쌓인 단편들 중에서 81편을 골라보았다. 논문조의 딱딱하고 긴 것이나 작업 상의 메모며 아포리즘 따위는 의식적으로 빼기로 했다. 가능한 한 가볍고 짤막한 신변잡기적인 것으로 대상을 줄였다. 먼 유년 시절의 추억, 청소년기까지를 보낸 한국에의 상념, 직업상 사시 사철 돌아다니는 여행지에서의 체험, 일상의 시간, 공간 속에서 깨달은 것, 그리고 화가, 조각가로서 느낀 점 등──. 잡문 모음이 라고는 해도 모아 놓은 방식이 저절로 뭔가 자전적인 빛깔을 띠 게 된 것 같아 쑥스럽다. 어떤 것은 산문시풍, 어떤 것은 에세이

풍, 어떤 것은 이야기풍, 온갖 서술 방식을 따르고 있으나 시간의 떨림에 응한 스타일을 취해본 것뿐이다.

문장 공간은, 어떠한 방식을 이용하든 하나의 방향에서 순서대로 세워 갈 수밖에 없는 것인 모양이다. 게다가 어디까지건 일단은 그런대로 통하는 언어가 요구되거나, 당장 옳은지 그른지의 가치 판단을 강요받는다. 문장의 충실한 메커니즘은, 자의에 익숙한 미술가에게 있어 결코 열린 것이라고는 생각되지 않는다. 제멋대로이고 종잡을 수 없는 작업에 매달려 있는 미술가에게 있어서, 이러한 문장의 존재 방식은 표현의 문맥과 사회적인 규범에 대해 다시 생각하게 하는 면이 많다.

수록한 단편은 《미술수첩》, 《예술신조藝術新潮》, 《현대시수첩》, 《현대사상》, 《통일일보》, 《아사히신문》, 《일본경제신문》 그외 발표한 것들과 오랫동안 서랍 안에서 잠자고 있었던 미발표작 중에서 긁어모았다. 이십수 년 전 것부터 최근 것까지 섞여 있으나, 책으로 묶음에 있어 얼마간 손을 보거나 고쳐 쓴 것이 많아 연대 명기와 발표 소재 표기는 하지 않기로 했다. 이미 완성되어 있는 글에 약간이라도 다시 손을 대는 것은 내키지 않지만, 전체를 새로운 작품으로 만들고 싶은 나머지, 즉 한 권의 책

으로서의 통일이나 리듬을 맞추려 하다 보니 결국 이런 형태가
되어버렸다.

　산재했던 원고 수집이며 구성 등, 오자오 小澤 서점의 하세가
와 이쿠오 씨에게는 꽤나 폐를 끼쳤다. 그의 고생 덕분에 단편집
이 생긴 것을 기쁘게 생각하며 깊은 감사의 뜻을 표한다.

　이 책은 1987년에 일본에서 출판된 것으로, 몇 편의 글들이
고등학교 교과서에 실리거나 대학 입학시험에 잘 나오는 등 많
은 화제를 모으고 판을 거듭하는 가운데, 1994년 서인태 씨의 번
역으로 디자인하우스에서 한국말판이 나왔었다.

　2002년도에 여섯 편의 단편을 추가하여 젊은 남지현 씨에
의한 새로운 한국말 번역판이 나왔고, 이번에 월간 《현대문학》
에 실었던 다섯 편을 첨가하여 현대문학에서 새롭게 책을 출간
하게 되었다. 미지의 독자들로부터의 많은 반향이 기대되는 바
이다.

2009년 8월

이우환

주변을 둘러봅니다. 하늘을 쳐다보고 발치를 내려다봅니다.
이 눈뜨고 있되 보지 못했던 세계. 그분의 글은 문득 귓가를
스치며 속삭이는 바람처럼 우리 옆에 또 다른 새로운 세계가 존
재하고 있음을 알려줍니다. 나, 여기, 바로 여기에 있다구.

파리에서 이우환 선생님의 개인전을 볼 기회가 있었습니다.
화집도 보았습니다. 무엇을, 무슨 생각을 캔버스에 옮기신 것일
까……. 그 후 선생님의 글을 접하며 비로소 저는 짙은 안개 속
에서 무엇인가 어슴푸레 보이기 시작하는 듯한 느낌이었습니다.
그리고 놀랐습니다. 이분은 미술가이시기 이전에 철학자이자 시

인이 아니실까……

　문장, 단어 하나하나가 본문 중의 표현처럼 그 스스로 충족감 넘치는 실존으로서 생생히 살아 숨 쉬며 다가오는 것이었습니다. 스스로 빛을 발하는 그 글들을 감히 새 단어로 옮기는 작업 기간 내내, 저는 살어자殺語者가 되지는 않을까 하는 두려움을 느껴야 했습니다. 새로운 세계에 눈뜨는 기쁨과 내 펜 끝에서 사라져 갈지도 모르는 생명에의 안타까움.

　평소 보석 같은 책을 발견했을 때, 한 장 한 장 줄어드는 것이 아까워 기를 쓰고 천천히 페이지를 넘겼던 기억들. 이번에 그 희열의 충만함을 다시 한 번 느끼며, 분에 넘치는 영광을 맡겨 주신 이우환 선생님께 죄송스런 마음과 아울러 깊은 감사를 드립니다.

　2002년에 출간된 『시간의 여울』을 더 이상 구할 수 없음을 안타깝게 여기고 있던 차, 현대문학에서 재발간된다는 너무나도 반가운 소식을 들었습니다. 뒤늦게 맘에 걸리던 표현들을 약간씩 손보아, 보다 많은 분들을 이우환 선생님의 빛나는 문

장의 세계로 안내할 수 있게 된 것을 진심으로 기쁘게 생각합
니다.

2009년 8월

남지현

옮긴이_**남지현**

서울에서 태어나, 학창 시절의 일본 체류를 계기로 일본문학에 심취, 고려대학교에서 일어일문학을 전공하였다. 증권회사 국제부에서 근무하다가 도불, 소르본대학과 파리3대학에서 어학과정을 수료하였다. 현재, 일본어를 가르치면서 주로 미술 분야의 번역을 하오고 있다.

시간의 여울

지은이 이우환
옮긴이 남지현
펴낸이 김영정

초판 1쇄 펴낸날 2009년 8월 28일
초판 7쇄 펴낸날 2023년 7월 1일

펴낸곳 (주)**현대문학**
등록번호 제1-452호
주소 06532 서울시 서초구 신반포로 321 (잠원동, 미래엔)
전화 02-2017-0280
팩스 02-516-5433
홈페이지 www.hdmh.co.kr

ISBN 978-89-7275-445-9 03830